손
님

손
님

하일지 장편소설

민음사

차 례

1   7

2   47

3   99

4   139

5   195

해거름 녘에 모자를 쓴 남자 하나가 마을로 들어서고 있었다. 허표의 동생 허도는 고욤나무 밑에 웅크리고 앉아, 대체 저 모자 쓴 사람이 오늘 밤 어느 집에서 잘까 하고 생각하고 있었다. 심한 폐결핵에 걸려 이제는 아무 일도 할 수 없게 된 허도는 저녁 무렵이면 으레 고욤나무 밑에 웅크리고 앉아 동구 밖을 바라보곤 했던 것이다. 고욤나무 밑 축축한 흙 속에는 굵은 지렁이들이 꿈틀거리고 있었는데, 지나가는 사람이 없을 때 허도는 그것을 캐 먹곤 했던 것이다.

허도에게로 다가온 낯선 남자는 흠칫 놀라는 표정이었다. 핏기 없이 하얀 얼굴을 한 허도는 해골이 드러날 만큼 앙상하게 여위어 있었던 것이다. 낯선 남자는 잠시 망설이다가 말했다.

"안녕하세요? 여기가 하원입니까?"

흰색 면바지에 녹색 셔츠 차림을 한 그는 어울리지 않게도 검은 중절모를 쓰고 있었다. 어깨에는 그다지 무거워 보이지 않는 가방 하나만을 달랑 둘러메고 있었다.

허도는 입가에 묻은 흙을 닦아 내느라 미처 대답을 할 수 없었다. 그래서 그는 대답 대신 두어 번 고개를 끄덕여 보였다. 그러면서 허도는 마음속으로, 아마도 이 남자는 새로 부임해 오는 예배당 목사일 거라고 생각했다. 올봄에 장기호 목사가 아영이 엄마와 바람이 나 도망간 후로 여러 달째 예배당이 비어 있었던 것이다. 몇 달째 도피 생활을 하던 장 목사는 돈이 궁해져 어느 젊은 목사에게 예배당을 헐값에 팔아넘겼고, 그래서 머지않아 새 목사가 올 거라는 소문을 허도는 들어서 알고 있었던 것이다.

모자를 쓴 남자는 저 아래 펼쳐져 있는 마을을 굽어보고 있었다. 그런 그의 머리 위로는 고추잠자리들이 어지럽게 날아다니고 있었다.

"저것이 하원교회입니다."

저만치 보이는 예배당 첨탑을 가리켜 보이면서 폐결핵을 앓고 있는 허도가 말했다. 그러나 교회 따위에는 관심도 없는 듯 모자를 쓴 남자는 마을을 굽어보느라 여념이 없었다. 삼십 대 중반으로 보이는 그 낯선 남자는 키가 크고 혈색이 좋은 미남이었다. 머리에 쓰고 있는 다소 우스꽝스러운 중절모만 아니라면 정말이지 나무랄 데 없는 외모였다.

"아름다운 마을입니다."

한참 동안 마을을 굽어보고 있던 남자가 마침내 말했다. 허도로서는 이해할 수 없는 말이었다. 그도 그럴 것이 허도는 한 번도 하원을 아름답다고 생각한 적이 없었으니까 말이다. 게다가 이렇게 말하는 낯선 남자는 한국말이 서툰 외국인처럼 이상한 억양으로 말하고 있었던 것이다. 허도는 의아해하는 표정으로 나그네를 올려다보았다. 그러자 낯선 남자는 빙그레 웃으며 말했다.

"예, 저 한쿡 사람 아닙니다. 외쿡 사람입니다. 한쿡말 잘 못해요."

처음에 허도는 믿지 못했다. 겉으로 보기에는 외국 사람처럼 보이지 않았으니까 말이다. 그러나 다음 순간 허도는 한국 사람이라면 검은 중절모를 쓰지는 않을 거라는 데 생각이 미쳤다.

"춤 선생님 찾아왔어요. 춤 선생님 집 말해 주세요."

나그네는 예의 그 이상한 억양으로 말하고 있었다.

"춤 선생님?"

허도는 혼잣말처럼 중얼거렸다.

"예스. 댄싱 티처. 허순."

"허순?"

그때서야 허도는 나그네가 말하는 춤 선생님이 다름 아닌 자신의 누나 허순을 일컫는다는 것을 깨달았다. 이혼을 당하고 두 조카들과 함께 고향으로 돌아온 허도의 누나는 어느 해 크리스마스를 앞두고 예배당에서 아이들에게 무용을 가르쳤는데, 그것이 하원고등학교 교장의 눈에 띄어 하원중고등학교에서 방과 후 무용 수업을 담당하게 되었던 것이다. 그렇게 가르친 학생 중 한 사람이 금년에 서울에 있는 어느 대학 무용과에 진학하였는데, 무용으로 대학에, 그것도 서울에 있는 대학에 들어간 것은 하원고등학교가 생긴 이래 처음 있는 일이라고들 했다. 이 일을 계기로 학교에서는 꽤 열성적으로 무용반을 지원했는데, 지난여름에는 서울에서 열리는 무용 대회에 참가하는 무용반 학생들을 위하여 소형 버스를 내주고 경비 일부까지 지원하기도 했던 것이다.

"허순은 저의 누난데요."

그러나 낯선 남자는 허도가 방금 한 말을 알아듣지 못하는 것 같았다. 허도는 다시 한 번 같은 말을 반복했다.

그런데도 외국인은 알아듣지 못하는 것 같았다. 그래서 허도는 어설픈 영어로 말했다.

"허순 이즈 마이 시스터."

그때서야 외국인은 알아들었는지 두 눈을 동그랗게 뜬 채 소리쳤다.

"오! 쉬 이즈 유어 시스터?"

허도는 고개를 끄덕였다. 허도는 자신이 중학교라도 다닌 것이 얼마나 다행인가 하고 생각했다. 그러나 허도의 이런 생각은 오산이었다. 허도가 영어를 할 줄 안다고 생각한 모자 쓴 남자는 그때부터 영어로 무어라 마구 지껄여 대기 시작했던 것이다. 물론 그가 하는 영어를 허도는 전혀 알아들을 수 없었다.

허도는 그 남자를 데리고 자신의 누나 허순이 사는 아파트로 갔다. 가는 길에 허도는 자신의 누나 허순도 참 용한 사람이라는 생각이 들었다. 여자상업고등학교도 제대로 마치지 못하고 이 학년에 중퇴한 자신의 누나가 어떻게 무용을 알아서 인문계 고등학교 학생들에게 가르치는지 그저 신기할 따름이었다. 게다가 이런 멋진 외국인이 멀리서 찾아오기까지 하다니 말이다.

이런 생각에 빠져 있던 허도는 문득, 오늘 밤 이 손님은 어디에서 잘까 하는 걱정이 들었다. 그도 그럴 것이 허순이 사는, 방 하나에 거실 하나인 허름한 임대 아파트에는 그의 누나 허순과 두 조카 그리고 택시 운전을 하는 석태가 함께 살고 있기 때문이었다. 허도의 중학교 동기인 석태는 학교를 마친 뒤 인천항에서 배를 타고 멀리 중국까지 갔지만 하는 일마다 모두 실패하고 이태 전에 고향으로 돌아와 자신보다 다섯 살이나 많은 이혼녀 허순과 동거 생활을 시작한 것이다. 그런 허순의 아파트로 이 멋진 남자를 데리고 가면 석태는 허도를 죽이려 들지도 모를 일이었다.

그런데 막상 허순의 집에 도착해 보니 이 낯선 남자의 내방을 가장 반갑게 맞이한 것은 석태였다. 여름내 택시 운전을 하느라 새까맣게 탄 석태는 새까만 손을 내밀어 낯선 남자와 악수를 하며 이렇게 소리쳤던 것이다.

"헤이! 미스터 슈! 웰컴! 웰컴!"

키가 작고 몸집이 왜소한 석태는 소매가 없는 빨간 티셔츠를 입고 있었는데, 그 티셔츠 때문에 그렇게 보이는지는 모르지만 경박하기 짝이 없어 보였다. 그런 석태가 이 훤칠하고 멋진 외국인과 아는 사이라니, 허도로서는 어안이 벙벙해질 수밖에 없었다. 뒤이어 달려 나온 허순 또한 헤벌쭉 웃으면서 말했다.

"헤이! 컴 인, 컴 인."

다만 한 사람, 일곱 살 난 허도의 큰생질 정대만이 외간 남자의 출현이 몹시 못마땅한 듯 적의감에 찬 눈으로 손님을 쏘아보고 있었다. 그런 정대를 가리켜 보이며 손님은 허순에게 물었다.

　　"히 이즈 유어 썬?"

　　그러나 허순은 손님이 하는 영어를 알아듣지 못했다.

　　"예스! 예스! 썬! 썬!"

　　석태가 대신 대답했다.

　　"뭐라고 하는 거야?"

　　"아들이냐고 묻는 거야."

　　그때서야 허순은 크게 고개를 끄덕이며 말했다.

　　"예스! 예스! 아들! 아들!"

　　낯선 손님은 어린 정대 앞에 손을 내밀어 악수를 청하며 말했다.

　　"나이스 투 밋 유!"

　　그러나 정대는 경멸하는 듯한 미소를 지으며 상대를 쏘아볼 뿐 손을 내밀지 않았다.

　　"악수해!"

　　보고 있던 석태가 말했다.

　　"악수하라고 했잖아!"

　　허순도 말했다.

"재수 없어!"

정대가 말했다. 이렇게 말한 정대는 자신의 방 안으로 들어가 버렸다. 그런 정대의 태도가 민망했던지 허순은 비굴한 표정으로 웃으며 손님에게 말했다.

"부끄러워서 저래요."

그녀의 이 말을 알아들었는지 못 알아들었는지 손님은 사람 좋은 얼굴로 빙그레 웃을 뿐이었다. 허순은 이 난처한 상황에서 벗어나려고 그러는 듯 그때까지 자신의 등 뒤에 숨어 있던 다섯 살 난 작은아들 정수에게 말했다.

"정수야! 니가 아저씨랑 악수해 봐."

정수는 헤벌쭉 웃으면서 몸은 여전히 엄마 등 뒤에 숨긴 채 낯선 손님 앞으로 손만 쑥 내밀었다.

"옳지! 옳지!"

석태와 허순은 안도하는 표정과 목소리로 말했다.

"오! 유어 핸섬 가이!"

손님은 어린 정수의 손을 잡고 악수를 하며 말했다. 낯선 손님과 악수를 하는 정수는 몹시 재미있어 하는 표정으로 헤벌쭉 웃고 있었다. 그러나 다음 순간 정수는 겁먹은 얼굴로 엄마 등 뒤에 숨었다. 그도 그럴 것이 낯선 손님과 악수를 하고 있는 자신의 모습을 열려 있는 문틈으로 정대가 째려보면서 주먹을 들어 보였기 때문이었다.

"컴 인! 컴 인!"

허순이 손님에게 말했다. 석태 또한 지지 않고 말했다.

"웰컴! 웰컴!"

손님은 구두를 벗기 위해 잠시 허리를 굽히고 있었고, 그런 그의 등 너머로 허순은 허도에게 말했다.

"도야, 너도 들어와!"

그러나 석태는 허도가 들어오는 것을 그다지 달가워하지 않는 눈치였다. 그래서 허도는 들어가야 할지 말아야 할지 망설이고 있었다. 그때 허순이 다시 한 번 말했다.

"들어오라니까!"

게다가 구두를 벗고 집 안으로 들어서려던 손님마저도 허도를 돌아보며 이렇게 말했다.

"컴 인, 플리즈! 컴 인! 컴 인!"

그때서야 석태도 마지못해 말했다.

"들어와!"

허도는 손님을 따라 아파트 안으로 들어갔다. 집 안으로 들어가면서 허도는, 이 멋진 손님이 왔는데도 불구하고 자신의 누나가 해골만 남아 흉측한 몰골을 한 자신을 굳이 들어오라고 하는 데는 필시 무슨 까닭이 있을 거라고 생각했다.

아파트 거실에는 소파가 하나 놓여 있고, 붉은 이불이

덮인 커다란 침대 하나가 놓여 있었다. 침대 머리맡 탁자 위에는 화병이 하나 놓여 있는데, 그 화병에는 모란처럼 보이는 크고 화려한 조화가 꽂혀 있었다. 거실 한 귀퉁이에는 진열장이 하나 비치되어 있는데, 거기에는 성경책과 음악 시디들 그리고 무용 관련 책들이 놓여 있었다. 침대 머리맡 벽면에는 예수의 얼굴이 들어 있는 커다란 액자가 걸려 있었다.

손님은 소파로 가 앉았다. 소파에 앉은 손님은 한 차례 집 안을 둘러보았다. 그는 집 안으로 들어온 뒤에도 모자를 벗지 않았다.

"나이스!"

한 차례 집 안을 둘러본 손님이 뜻없이 말했다. 그러자 석태가 동의를 구하는 투로 말했다.

"나이스?"

"예스, 베리 나이스!"

손님을 대접하기 위해 커피를 끓이고 있던 허순이 물었다.

"뭐라고 하는 거야."

"좋대."

"뭐가?"

"그건 모르지."

허순이 커피를 들고 가자 손님은 "오! 땡큐!"라고 말하고 커피 잔을 받아 들었다. 허순의 큰아들 정대는 낯선 손님의 일거일동을 의심에 찬 눈으로 바라보고 있었고, 폐결핵을 앓고 있는 정대의 외삼촌 허도는 거실 한 귀퉁이, 커다란 침대 발치에 웅크리고 앉아 있었다. 그런 정대와 허도의 존재가 불편할 수도 있겠지만 손님은 전혀 내색하지 않았다.

"굿!"

커피 한 모금을 마신 손님이 말했다.

"굿?"

석태가 손님에게 동의를 구하는 투로 물었다.

"예스, 베리 굿."

허도는 이 외국인이 어떻게 허순과 석태를 알고, 그들에게 무슨 용무가 있어서 이 누추한 곳까지 찾아오게 되었을까 하는 생각을 하고 있었다. 그러나 도무지 알 수 없었다.

그때 허순은 자신이 무용을 가르치는 제자 몇 명에게 전화를 걸어 서울에서 만났던 슈 아저씨가 지금 자신의 집에 와 있으니 빨리들 오라고 했다. 특히, 면장의 딸 채령이에게는, 통역할 사람이 없으니 서둘러 와야 한다고 강조했다. 그녀가 전화기에다 대고 하는 말을 듣고서야 허도는 알 것 같았다. 얼마 전에 허순은 무용반 학생들을 데리고 서울에 간 적이 있는데, 그때 서울에서 이 외국인을 만났던 게 틀림없었다. 그리고 그때 학생들이 탄 소형 버스를 운전해서 석태도 서울까지 갔던 것이다. 그런데도 종내 알 수 없는 것은 저 외국인이 대체 무슨 용무가 있어서 여기까지 왔을까 하는 것이었다.

커피 한 잔을 다 마시고 난 손님은 문득 생각났다는 듯이 자신이 메고 온 가방에서 양주 한 병을 꺼내어 석태에게 내밀었다. 석태는 "땡큐! 땡큐!" 하면서 그것을 받아 들었다. 허순 또한 손님에게 "땡큐! 땡큐!"를 연발했다.

"와! 이거 비싼 술인데!"

석태가 술병에 붙은 상표를 들여다보며 말했다.

"무슨 술인데 그렇게 비싼 거야?"

허순이 물었다.

"이게 그 유명한 발렌타인 삼십 년산이야. 이거 시중에서 사면 백만 원도 더 할걸."

허순은 눈이 휘둥그레졌다. 그러나 믿지 못하겠다는 듯이 말했다.

"설마."

"정말이야. 중국의 웬만한 부자들도 이건 함부로 못 먹어."

석태의 이 말에 허순은 앓는 소리로 말했다.

"백만 원이면 우리 집 한 달 생활비보다도 많아."

그때 손님이 말했다.

"예스, 이츠 발렌타인. 두 유 라이크 잇?"

석태는 크게 고개를 끄덕이며 "예스! 예스!"하고 말했다. 그리고 혼잣말처럼 중얼거렸다.

"발렌타인 삼십 년산을 사 오다니, 이 자식 진짜 통은 커."

허순은 술상을 차려 왔다. 맥주 몇 병과 오징어포, 땅콩 따위가 놓인 아주 간단한 술상이었다. 석태는 맥주병을 따 손님 앞 유리잔에 가득 따랐다.

"오, 땡큐!"

손님은 소파에서 내려와 방바닥에 앉으며 말했다. 석태는 방 한쪽 구석에 웅크리고 앉은 허도에게도 한잔하겠느냐고 물었다. 허도는 힘없는 표정으로 고개를 좌우로 내저었다. 그런 그를 보면서 석태는 두어 번 고개를 끄덕였다. 아무래도 허도가 몇 달을 넘기지 못할 거라고 생각하는 것 같았다.

석태는 자신의 잔과 허순의 잔에도 술을 따랐다.

"간빠이!"

손님은 자신의 앞에 놓인 술잔을 집어 들며 말했다.

"건배!"

석태가 응수했다. 세 사람은 술을 마셨다.

석태와 허순이 막상 손님을 상대로 술상 앞에 앉기는 했지만 술자리는 몹시 갑갑하고 어색해 보였다. 그도 그럴 것이 손님과 말이 통하지 않았기 때문이었다. 손님이 무어라 영어로 말하면 석태와 허순은 난처한 표정으로 서로 얼굴만 쳐다볼 뿐 대답을 해 주지 못했다.

그때 허순의 작은아들 정수가 술상 위에 놓인 땅콩을 집으려고 팔을 뻗었다.

"손님 앞에서 그러면 못써."

허순은 아이를 제지하며 말했다. 그러나 정수는 막무가내였다. 땅콩을 집기 위해 필사적으로 팔을 뻗었다. 보다 못한 손님이 땅콩 한 움큼을 집어 아이에게 내밀었다. 아이는 헤벌쭉 웃으며 손님이 건네주는 땅콩을 받았다. 허순과 석태는 몹시 민망스러워하는 표정을 지었다.

거실 한 귀퉁이 침대 발치에 웅크리고 앉은 허도는 이제 이 아파트를 떠나 형 허표가 사는 집으로 돌아가야겠다고 생각했다. 말이 통하지 않는 손님을 접대하고 있는 이 어색한 분위기에 폐결핵을 앓는 자신까지 끼어 있으니 분위기가 더욱 어색해지고 있는지 모른다고 생각했기 때문이었다. 게다가 이제 곧 무용하는 학생들이 몰려올 텐데, 그들과 마주치지 않으려면 지금이라도 자리에서 일어나는 것이 옳다고 그는 생각했다. 그런데 이런 그의 생각과는 달리 그의 몸이 말을 듣지 않았다. 온몸에 힘이 쪽 빠져 꼼짝할 수가 없었다.

그때 현관 쪽에서 "딩동" 하고 초인종 소리가 났다.

"얘들이 왔나 보네."

이렇게 말한 허순은 현관문을 향하여 달려갔다. 허순의 제자들이 몰려온 것 같았다. 방 한구석에 웅크리고 앉은 허도는 몹시 난처했다. 그는 이런 어려운 자리에 자신을 끼워 넣은 누나가 원망스러웠다. 그때 허도의 큰생질 정대가 허도의 귓전에다 대고 속삭였다.

"외삼촌! 저 새끼 내가 죽여 버릴 거야."

이렇게 말하는 어린 생질의 손을 힘없이 잡으며 힘없는 목소리로 허도가 말했다.

"손님이 오셨는데 그런 소리 하면 안 돼!"

그러자 정대는 다시 허도의 귀에다 대고 말했다.

"저 새끼 울 엄마 꼬실라고 온 거란 말이야."

어린 생질의 이 말을 행여 손님이 들을까 봐 겁이 나는지 허도는 손님 쪽을 돌아보았다. 다행히도 손님은 허도와 정대 쪽이 아니라 현관 쪽으로 얼굴을 향한 채 더없이 기쁘고 행복한 표정으로 빙그레 웃고 있었다.

"그렇지 않아."

허도는 어린 정대에게 말했다. 망나니 같은 석태와 붙어살고 있는, 아이가 둘이나 딸린 이혼녀인 누나에게 눈독을 들여 저 멋진 외국인이 서울에서 여기까지 왔다는 것은 말도 안 된다고 허도는 생각했다. 게다가 몇 년 전에 유방암 수술까지 받은 누나는 서른다섯이라는 나이에도 불구하고 마흔은 훌쩍 넘긴 것처럼 보였다.

다섯 명의 여학생들이 아파트 거실로 몰려 들어왔다. 무용을 하는 학생들이라서 그렇겠지만 나름나름으로 예뻤고, 무용 대회에 참석하기 위하여 불과 이 주 전에 서울을 다녀와서 그런지 생기 있어 보였다.

"오, 마이 엔젤스!"

손님은 두 팔을 활짝 벌려 학생들을 일일이 포옹해 주었다. 선영이, 수진이, 보람이, 지영이, 아영이, 이 다섯 명은 저마다의 표정과 몸짓으로 부끄러워하면서 손님의 품에 안겼다. 선영이를 제외한 나머지 네 명은 손님이 왔다고 나름대로 예쁘게 차려입고 있었다.

고등학교 일 학년인 선영이는 단정한 교복 차림을 하고 있었는데, 옷차림 때문에 그렇게 보이는지는 모르지만 성실하고 얌전해 보였다. 두 갈래로 묶은 머리 때문에 더욱 단정해 보였는데, 그래서 그녀는 무용이 아니라 문학을 좋아할 아이처럼 보였다.

짝 달라붙는 청바지에 하얀 레이스 깃이 달린 쑥색 셔츠를 입고 있는 수진이는 중학교 삼 학년인데 진한 눈썹 때문에 그렇게 보이는지는 모르지만 생각이 깊은 아이처럼 보였다. 이 년 전에 아버지가 죽고, 작년에는 어머니가 재혼했기 때문에 할머니와 단둘이 살고 있는 수진이로서는 생각이 많을 수밖에 없을 것이다.

하늘색 바탕에 흰 동그라미 무늬가 새겨진, 허리가 잘록한 원피스를 입고 있는 보람이는 고등학교 이 학년인데 키가 크고 몸매가 날씬해서 다섯 명의 여학생 중에서도 가장 발레리나다운 맵시가 있었다. 그녀는 무용으로 대학에 진학할 꿈을 가지고 있어서 무용단 중에서도 가장 성실한 학생 중 하나였다.

찢어진 청바지에 마릴린 먼로의 얼굴이 커다랗게 찍힌 헐렁한 티셔츠를 입고 있는 지영이는 보람이와 같은 학년이지만 보람이에 비하면 키가 약간 작은 편이었다. 그녀는 유난히 까만 눈동자 때문에 그렇게 보이는지는 모르지만 아주 영리해 보이는 아이였다. 호기심도 많고 장난기도 많아 보였다.

짧은 청치마에 노란색 꽃무늬가 있는 어깨끈이 달린 셔츠를 입고 있는 아영이는 중학교 이 학년인데, 아직 젖살이 덜 빠진 것처럼 뽀얀 얼굴을 하고 있었다. 머리에는 커다란 꽃을 꽂고 있었는데, 그 때문에 그녀는 더욱 귀엽고 깜찍하고 발랄해 보였다.

그러나 면장의 딸 채령이는 보이지 않았다.

"너네들 출세했다. 너네들 같은 촌년들이 죽었다 깨도 슈 아저씨같이 멋진 남자 품에 안겨 보겠어? 그게 다 누구 덕인지 알기나 해?"

그러자 커다란 꽃을 머리에 꽂은 아영이가 석태에게 쏘아붙이듯 말했다.

"굳이 그런 말씀 하시지 않아도 돼요. 이게 다 허순 선생님 덕택이라는 거 우리도 알고 있으니까요."

허도는 깜짝 놀라 아영이를 올려다보았다. 아영이 엄마야말로 몇 달 전에 장기호 목사와 눈이 맞아 집을 나간 여자였던 것이다. 엄마가 집을 나갔는데도 아영이가 저렇게 생기발랄할 수 있는 것도 어쩌면 무용단의 일원으로 얼마 전에 서울에 갔다 왔기 때문인지 모른다고 허도는 생각했다.

"그래, 니 잘났다, 씹팔년아!"

석태는 아영이를 올려다보며 이렇게 말했다.

허도는 그때, 어느 해 여름, 우물가에 앉아 파를 다듬고 있던 아영이 엄마의 사타구니를 떠올리고 있었다. 아영이 엄마처럼 눈부시게 희고 아름다운 사타구니를 가진 여자는 세상에 없을 거라고 허도는 생각하고 있었다. 비록 장목사 같은 인간과 눈이 맞아 집을 나갔기로서니, 그 눈부시게 희고 아름다운 사타구니를 가진 아영이 엄마의 딸에게 감히 무례하기 짝이 없는 말을 하고 있는 석태는 정말이지 온당치 못한 사람이라고 생각했다. 다섯 명의 여학생은 그러나 석태의 그따위 욕설에는 이골이 났다는 듯이 저마다 입을 삐죽거릴 뿐 그다지 심각하게 생각하지는 않는 것 같았다. 그러나 그녀들 중 누구도 방 한구석에 웅크리고 앉아 있는 허도에 대해서는 관심을 보이지 않았다. 속으로야 허도의 존재를 불쾌하고 불편하게 느끼고 있겠지만, 허도가 허순의 동생이라는 걸 알고 있는 그녀들로서는 애써 모르는 척하는 것 같았다.

다섯 명의 여학생들이 들어오자 좁은 아파트 거실은 사람들로 가득 찬 느낌이 들었다. 그런 분위기가 좋은지 손님의 얼굴에는 갑자기 활기가 감돌았다. 그는 맥주를 가리켜 보이며 선영이에게 물었다.

"두 유 워너 비어?"

단정한 교복 차림의 선영이는 손을 내저으며 "노! 노!" 하고 대답했다.

"왜 갑자기 내숭 떨어? 서울 갔을 땐 잘들 마셨잖아."

석태가 핀잔했다.

"그렇지만 서울이랑 하원이 같나요?"

보람이가 말했다.

"그러니까 서울 가면 서울 년 행세하고, 촌에 오면 촌
년 행세해야 한다는 거야?"

그때 손님이 보람이에게 무어라 질문을 했다. 그러나
보람이는 손님이 하는 영어를 알아듣지 못한 것 같았다.
손님은 다시 한 번 같은 질문을 했다. 보람이는 여전히 알
아듣지 못한 것 같았다.

"스쿨 할러데이? 그러니까 지금 방학 중이냐고 묻는
거 아냐?"

지영이가 보람이에게 말했다. 지영이의 이 말을 듣고서
야 보람이는 이해가 된 듯 손님을 향하여 "노! 노!"하고
말했다. 그러고는 답답해하는 표정으로 혼자 중얼거렸다.

"아이 씨! 벌써 개학했다는 걸 영어로 뭐라고 말하지?"

"얼레디 스쿨 오픈이라고 말하면 되지, 뭐."

다시 지영이가 말했다. 지영이의 이 말을 들은 손님이
말했다.

"아! 스쿨 비긴?"

지영이는 고개를 끄덕이며 혼자 말했다.

"아, 맞다, 맞다. 스쿨 비긴."

보고 있던 석태가 학생들에게 말했다.

"이년들 춤만 출 줄 알았지 공부라고는 안 했구나. 공부 좀 해라, 공부."

"그러는 아저씨는 알아들었나요?"

아영이가 말했다. 석태는 비굴하게 웃으며 말했다.

"너네들이랑 내가 같냐? 너네들은 학생이지만 나는 운전사잖아."

보고 있던 허순이 긴 한숨을 내쉬며 말했다.

"촌구석에만 들앉아 있으니 외국 사람 만나서 말할 기회가 있어야지. 아무래도 채령이가 와야겠다."

그때 또다시 초인종 소리가 났다. 이번에 들어온 것은 유나였다.

고등학교 삼 학년인 유나는 앞서 도착한 다섯 명의 여학생들보다 학년이 높아서 그렇겠지만 한결 성숙해 보였다. 다소 이국적으로 보이는 수려한 이마와 눈 그리고 오똑한 코 때문에 유나는 무용단 중에서도 눈에 띄게 예쁜 아이라고 할 수 있었다. 그녀는 고동색 바탕에 흰색 점무늬가 있는 실크 재질의 민소매 블라우스에, 고동색 레이스가 달린 헐렁한 갈색 치마를 입고 있었는데, 그런 옷차림은 날씬하고 매끈한 그녀의 팔과 다리를 돋보이게 함으로써 청순하면서도 육감적인 몸매를 잘 드러내고 있었다.

"어머! 유나 언니 너무 예쁘다!"

눈부시게 흰 치아를 살짝 드러낸 채 다소 도도하게 보이는 미소를 지으며 들어서는 유나를 올려다보며 보람이가 말했다.

"헤이, 유나!"

유나를 발견한 손님은 두 팔을 활짝 벌리며 말했다. 앞서 도착한 다섯 명의 여학생들과 달리 유나는 나름 당당한 발걸음으로 달려가 손님의 목을 두 팔로 감싸 안으며 손님의 품에 안겼다.

"어머! 유나 언니 꼭 씨에프 찍는 것 같아."

손님의 품에 안기는 유나의 모습을 부러워하는 눈으로 올려다보며 단정한 교복 차림의 선영이가 말했다.

"유나, 넌 슈 아저씨랑 선보러 왔냐?"

심술궂은 표정과 목소리로 석태가 말했다. 다소 우아하게 보이는 옷차림에 긴 생머리를 늘어뜨린 유나는 아닌 게 아니라 고등학생이 아닌 결혼을 앞둔 성숙한 처녀 같았다.

"어머! 석태 아저씨 질투하세요?"

아영이가 석태를 돌아보며 말했다. 아영이의 이 말이 통쾌했던지 여학생들은 일제히 까르르 웃음을 터뜨렸다. 그러나 유나 자신은 정작 석태의 시답잖은 농담 따위는 귀에 들어오지도 않는다는 듯, 미스터 슈 옆에 앉아 무어라 영어로 대화하는 데 열중하고 있었다. 게다가 그녀는 손님의 권유에 따라 빈 맥주잔을 들고 손님이 따라 주는 맥주를 받기까지 했다. 손님을 상대로 대화를 하고 있는 유나의 모습을 지켜보던 허순이 물었다.

"무슨 말을 하고 있는 거야?"

허순의 이 질문에 지영이가 대신 대답해 주었다.

"서울에서 하원까지 어떻게 왔느냐고 유나 언니가 물었고, 슈 아저씨는 고속버스 타고 왔다고 대답하고 있어요. 그리고 어떻게 이 집을 용케 찾아왔느냐고 유나 언니가 물었고, 슈 아저씨는 우연히 허순 선생님의 동생인 허도 아저씨를 길에서 만나 쉽게 이 집을 찾아올 수 있었다고 말하고 있어요."

"유나는 영어 잘하는구나."

허순이 말했다. 허순에게는 그렇게 보이겠지만, 유나의 영어에는 한계가 있는 것 같았다. 그래서 그랬겠지만 지영이는 허순을 향하여 눈을 찡긋해 보이며 고개를 좌우로 두어 번 내저었다.

그때 허순의 작은아들 정수가 또다시 술상으로 다가가 오징어포를 집어 갔다. 그러나 이번에는 굳이 아무도 말리지 않았다. 왜냐하면 그때 손님은 유나를 상대로 대화에 열중하느라 정수가 오징어포를 집어 가는 것을 보지 못했기 때문이었다.

그때 다시 초인종 소리가 들리고 면장의 딸 채령이가 그녀의 어머니와 함께 나타났다. 채령이 어머니는 딸이 만나러 간다는 외국인이 대체 어떤 사람인지, 믿을 만한 사람인지 어떤지를 자기 눈으로 확인해 보기 위해 딸을 태우고 직접 차를 몰아 여기까지 온 것 같았다.

"하이, 미스터 슈!"

"하이, 차이룡!"

채령이와 손님은 반갑게 포옹을 한 뒤 더없이 밝은 표정들로 무어라 대화를 하고 있었다. 딸이 외국인과 반갑게 조우하는 모습을 채령이 어머니는 말없이 지켜보고 있었다.

고등학교 삼 학년인 채령이는 어머니가 따라왔기 때문에 그런지는 모르지만 좀 어른스러운 데가 있었다. 내년에 외국으로 유학 갈 계획을 가지고 있는 그녀는 무용단 중에서도 독보적으로 영어를 잘했다. 통역을 담당해야 한다고 생각했기 때문에 그렇게 입었는지는 모르지만 베이지색 정장 스커트에 흰 블라우스를 단정하게 입고 있었다.

미스터 슈를 상대로 한참 동안 담소를 나누고 있던 채

령이는 문득 생각났다는 듯이 자신의 어머니를 소개했다. 미스터 슈는 채령이 어머니에게 다가가, 그때까지도 쓰고 있던 모자를 비로소 벗고, 정중하게 악수를 청했다. 그런 그의 모습을 보자 마음이 놓이는지 채령이 어머니는 온화한 미소를 지으며 악수를 했다. 그러나 석태와 허도를 발견하고는 약간 못마땅해하는 표정을 지었다. 그런 그녀의 표정을 본 허도는 도대체 누나가 왜 이런 거북한 자리에 자신을 끼워 넣었는지 모르겠다고 생각했다.

허순은 채령이 어머니를 안심시키기 위해서 그렇게 하는 듯 손님이 선물로 가져온 발렌타인 삼십 년산을 내보이며 말했다.

"이게 글쎄, 시중에서 사면 백만 원이 넘는대요."

술 한 병이 백만 원이 넘는다는 말에는 반신반의하는 표정이었지만 채령이 어머니는 말없이 고개를 끄덕였다. 그런 어머니의 표정이 꺼림칙했던지 채령이도 거들었다.

"엄마, 이거 백만 원 넘는 거 맞아. 우리 학교 영어 선생님이 얘기해 주셨어."

자신의 딸이 이렇게 말했음에도 채령이 어머니는 반신반의하는 표정으로 빙그레 웃었다. 그러자 석태까지 나서서 말했다.

"정말이에요. 중국의 웬만한 부자들도 이 술은 함부로

못 먹어요."

석태의 이 말도 채령이 어머니에게는 별로 효과가 없는 것 같았다. 그래서 다시 허순이 나설 수밖에 없었다.

"서울 갔을 때도 우리 무용단 학생들을 위하여 저분이 몇백은 썼을 거예요. 최고급 호텔 뷔페에 우리를 초대했으니까요."

채령이 어머니는 딸에게 들어서 그 사실은 이미 알고 있다는 표정으로 고개를 끄덕였다. 그리고 마침내 좌중을 향해 즐겁게 놀라고 말했다. 이렇게 말하는 그녀의 목소리는 온화했다. 그리고 낯선 손님 앞에 구십 도 각도로 허리 굽혀 작별 인사를 한 뒤 허순의 좁고 허름한 아파트에서 나갔다.

채령이 어머니가 돌아간 뒤 좌중은 갑자기 활기를 되찾았다. 그도 그럴 것이 누군가가 「롤리폴리」를 틀었기 때문이었다. 갑자기 울려 퍼지는 「롤리폴리」가 재미있는지 손님이 어깨를 들썩거리기 시작했다. 손님의 흉내를 내며 「롤리폴리」에 어깨를 흔들어 대던 지영이가 문득 발렌타인 삼십 년산이 대체 어떤 맛인지 한번 맛이나 보자고 제안했다. 그러자 좌중의 여학생들이 일제히 박수를 치며 "와!"하고 소리쳤다. 그러나 석태는 그 비싼 술을 학생들에게 나누어 주기는 싫은 표정이었다. 허순 또한 같은 심정인지 아이들을 달래는 투로 말했다.

"백만 원이 넘는 술을 어떻게 먹어?"

그러자 교복 차림의 선영이가 받았다.

"선생님, 너무해요."

선영이의 이 말이 떨어지기가 무섭게 여학생들은 일제히 주먹 쥔 손을 상하로 흔들며 시위를 하듯 소리쳤다.

"너! 무! 해! 너! 무! 해!"

왜 갑자기 학생들이 시위라도 하듯 소리치는지 궁금했던 손님은 채령이의 귓전에다 대고 무어라 질문을 했고, 채령이는 손님의 귓전에다 대고 사정을 설명했다. 채령이의 설명을 들은 손님은 알겠다는 듯이 고개를 끄덕이고는 빙그레 웃었다. 그리고 손님 또한 학생들을 흉내 내어 주먹 쥔 손을 상하로 흔들면서 말했다.

"노! 모! 애! 노! 모! 애!"

그런 손님의 모습이 너무 재미있는지 학생들은 일제히 웃음을 터뜨렸다.

"슈 아저씨 너무 귀여워!"

수진이가 말했다. 수진이의 이 말에 학생들은 이제 손님 쪽을 향하여 다시 일제히 주먹 쥔 손을 상하로 흔들면서 소리쳤다.

"귀! 여! 워! 귀! 여! 워!"

영문을 알 리 없는 손님 또한 주먹 쥔 손을 상하로 흔들면서 소리쳤다.

"구! 야! 와! 구! 야! 와!"

학생들은 다시 자지러지는 웃음을 터뜨렸다. 분위기가 이렇게 돌아가자 석태도 허순도 더 이상 어쩔 수가 없는 모양이었다. 울상이 된 석태는 발렌타인 삼십 년산의 뚜껑을 열기 시작했고, 역시 울상을 한 허순은 소주잔을 가져오기 위하여 주방으로 갔다.

"백만 원이면 우리 집 한 달 생활비도 넘는데……"

열 개가량의 소주잔을 술상 위에 죽 늘어놓으면서도 허순은 신음하는 소리로 이렇게 말했다. 그러나 학생들 중 누구도 허순의 이 말을 들은 사람은 없는 것 같았다. 다만 한 사람, 저편 구석에 웅크리고 앉은 폐결핵을 앓고 있는 허도만이 그 말을 들었는지, 슬픈 표정으로 누나를 바라보고 있었다.

술병을 딴 석태는 소주잔마다 사분의 일 잔 정도 술을 따랐다. 그런 석태를 제지하며 허순이 말했다.

"맛만 보면 되지 뭘 그렇게 많이 따라?"

그러나 석태는 자포자기한 표정과 목소리로 말했다.

"이년들 걸신들린 년들이잖아. 어디 한번 실컷들 처먹어 봐."

말은 이렇게 하면서도 그는 사분의 일 이상 잔을 채우지는 않았다.

"백만 원이면 우리 집 한 달 생활비보다 많은데……."

허순은 다시 신음하는 소리로 중얼거렸다. 그러나 이번에도 학생들은 허순이 하는 말을 듣지 못한 것 같았다.

열 개의 소주잔에 모두 술을 따르고 나니 술병에는 눈에 띌 만큼 술이 줄어 있었다. 석태는 씁쓰레한 표정으로 술병을 들여다보고 있었다. 그러나 일곱 명의 여학생들은 호기심 많은 새끼 고양이들처럼 술잔을 들여다보고 있었다. 그런 여학생들의 모습이 재미있는지 손님은 빙그레 웃고 있었다.

"자! 그럼 한번 마셔 보자."

이렇게 말한 석태는 우선 술잔 하나를 들어 손님에게 내밀었다. 손님은 "땡큐!"하고 말하며 술잔을 받아 들었다. 이어 석태 자신도 술잔 하나를 집어 들며 말했다.

"자, 각자 하나씩 들어."

석태의 이 말이 떨어지기가 무섭게 유나가 냉큼 술잔 하나를 집어 들었다. 이어 채령이, 아영이, 지영이, 선영이, 수진이, 보람이가 모두 하나씩 술잔을 집어 들었다. 술상 위에는 이제 하나의 술잔만이 남아 있었는데 그것은 허순을 위한 것이었다. 허순은 슬퍼 보이는 눈으로 그것을 굽어보고 있다가 문득 생각났다는 듯이, 뒤편에 혼자 웅크리고 앉은 폐결핵을 앓고 있는 허도를 가리켜 보이며 말했다.

"왜 내 동생은 안 줘?"

그때서야 석태는 허도에게 말했다.

"자네도 한잔 해 볼래?"

허도는 얼굴을 찌푸린 채 손을 내저었다.

"너도 한번 먹어 봐. 언제 이런 거 먹어 보겠어?"

허순은 이렇게 말하면서 자신의 잔을 허도에게 내밀었다. 허도는 다시 누나를 향해 손을 내저었다.

"먹어 봐! 옛말에 먹고 죽은 귀신은 때깔도 좋다고 했잖아."

허순은 약간 울먹이는 소리로 이렇게 말하며 동생의 손에 억지로 술잔을 쥐여 주었다. 그때 머리에 커다란 꽃을 꽂은 아영이가 말했다.

"저는 안 먹을래요. 원래 술 못 마셔요. 이거 선생님 드세요."

이렇게 말하며 아영이는 들고 있던 술잔을 허순 앞으로 내밀었다.

"아니야. 니가 먹어."

허순이 말했다.

"정말이에요. 저는 한 방울만 마셔도 큰일 나요."

곁에 앉은 지영이가 믿을 수 없다는 투로 아영이에게 말했다.

"너 접때 서울 갔을 땐 술 마셨잖아."

지영의 이 말에 아영이는 황급히 말했다.

"그때 난 정말 죽는 줄 알았어."

이렇게 되자 어쩔 수 없이 아영이의 술잔은 허순의 차지가 되었다. 그런데 그때 허순의 큰아들 정대가 술잔을 집으려 하며 말했다.

"난 술 먹을 수 있어. 엄마 이거 내가 먹을래."

그 순간 허순은 거의 본능적으로 정대의 따귀를 후려 갈기며 말했다.

"이 새끼 꼭 지 애비를 닮아서……."

어찌나 세게 후려쳤던지 정대는 방바닥에 픽 꼬꾸라졌다. 여학생들은 비명을 질렀고, 손님은 약간 난감한 표정을 짓고 있었다. 오직 한 사람 허순의 작은아들 정수만은 형이 당한 꼴이 재미있는지 까르르 웃고 있었다. 자신의 두 아들이 한심한지 허순은 길게 한숨을 내쉬었고, 아영이는 재빨리 정대를 일으켜 세워 방으로 데리고 갔다. 이렇게 해서 사태는 일단락됐지만 분위기는 가라앉아 있었다.

분위기를 반전시키기 위해 나선 것은 보람이였다.

"자, 여러분, 술을 마시기 전에 제가 플라멩코를 한번 추겠습니다."

이 말이 떨어지기가 무섭게 학생들이 박수를 쳤다. 보람이는 자리에서 일어나 플라멩코를 추기 시작했다. 그녀의 춤사위에 맞추어 학생들은 손뼉을 쳤다. 손님도 함께 손뼉을 쳤다. 물론 보람이가 충분한 기량을 살려 플라멩코를 추기에는 공간이 너무 좁았다. 어쨌든 보람이의 플라멩코 덕분에 분위기는 다시 상승되었다.

"자! 이제 한잔합시다."

플라멩코를 마친 보람이가 숨을 할딱거리며 말했다.

"저년은 정말 여유야!"

허순은 자신의 제자가 대견스럽다는 듯이 말했다. 그러자 보람이는 쪼르르 허순 앞으로 가 얼굴을 내밀며 말했다.

"선생님 제자 중에서 제가 제일 예쁘죠?"

그러자 허순은 어처구니없다는 듯이 웃었다. 선생이 웃는 걸 보자 다른 여학생들도 일제히 와르르 웃음을 터뜨렸다. 이 모든 대화들은 채령이의 통역에 의해 손님에게 전달되었고, 듣고 난 손님은 동의한다는 뜻으로 "야~아!"하고 말하며 엄지손가락을 추켜세웠다.

"자! 건배!"

보람이가 소리쳤다. 그러자 저편 구석에 웅크리고 앉은 허도를 제외한 좌중의 사람들이 "건배!" 하고 소리치며 마침내 발렌타인 삼십 년산을 마셨다.

"야! 좋다."

술 한 모금을 마신 뒤 이렇게 소리친 것은 석태였다. 그러나 다른 사람의 반응은 그다지 긍정적이지가 않았다.

"이게 뭐야? 꼭 스킨 마시는 것 같잖아."

이렇게 말한 것은 수진이였다. 이어 보람이는 치를 떨면서 말했다.

"으! 독약 마시는 것 같다!"

선영이도 인상을 찌푸리며 말했다.

"식도가 타들어 가는 것 같애."

지영이는 그러나 이 느낌을 어떻게 표현해야 할지 생각하는 듯 아무 말이 없었다. 그런 그녀에게 아영이가 방에서 나오며 물었다.

"맛있어?"

그러자 유나가 양어깨를 뒤틀면서 말했다.

"앗싸! 맛있다."

그녀의 이 말이 역설적이라는 것을 알고 있는 여학생들은 까르르 웃음을 터뜨렸다. 지영이는 아영이가 한 질문에 대해 보다 정확한 대답을 해 주기 위해서 그렇게 하는 듯 다시 한 모금의 술을 마셨다. 그러고는 아영이를 향해 말했다.

"아무래도 니가 안 마시기로 한 건 잘한 것 같애. 너 같은 꼬맹이가 먹었더라면 119 불러야 했을 거야."

여학생들의 이런 반응들이 귀엽고 재미있다는 듯이 손님은 빙그레 웃고 있었다. 그러나 면장의 딸 채령이만은 끝내 아무런 반응을 나타내지 않았다. 그런 그녀에게 손님이 물었다.

"두 유 라이크 잇?"

그때서야 채령이가 말했다.

"낫 소 배드!"

그녀의 이 말을 엿들은 유나는 다시 양어깨를 몸부림치듯 뒤틀면서 말했다.

"앗싸! 맛있다!"

여학생들은 다시 자지러지는 듯한 웃음을 터뜨렸다. 학생들의 이런 반응에도 불구하고 허순은 말없이 술을 홀짝거리고 있었다. 그런 그녀에게 아영이가 물었다.

"선생님은 어때요? 맛있어요?"

그때서야 허순이 말했다.

"야, 이년아! 꼭 맛이 있어서 먹냐? 돈이 아까워서 먹지."

이렇게 말하는 허순은 그러나 술맛이 그다지 나쁘지는 않은지 다시 한 모금 홀짝 마셨다.

그런 허순을 따라 하기라도 하듯 채령이 또한 들고 있던 술잔을 입으로 가져가 한 모금 홀짝 들이켰다. 유나는 "앗싸! 맛있다!"를 다시 한 번 소리치고는 고개를 뒤로 젖힌 채 단숨에 술잔을 비웠다. 그러고는 숨이 찬다는 듯이 혓바닥을 쑥 내민 채 "헤헤헤헤" 숨 가쁜 소리를 냈다.

"유나 언니 오늘 너무 귀여워!"

수진이가 혼잣말처럼 중얼거렸다.

"그치?"

아영이가 말했다. 두 여학생이 주고받는 대화를 알아듣기라도 한 것처럼 손님은 말했다.

"야! 쉬 이즈 나이스 걸."

그의 이 말에 지영이는 깜짝 놀라며 말했다.

"어머! 슈 아저씨 혹시 한국말 알아듣는 거 아냐?"

그러자 채령이가 슈에게 방금 수진이와 아영이가 무슨 말을 했는지 이해하느냐고 물었다. 그러자 슈는 당연하다는 듯이 말했다.

"야, 아이 언더스탠 에브리씽."

그러나 누구도 그의 말을 곧이곧대로 믿는 사람은 없는 것 같았다. 그때 다시 보람이가 말했다.

"그나저나 우리 무용단 팬클럽 회장님이 멀리서 오셨는데, 어떻게 해 드려야 하지?"

학생들은 까르르 웃음을 터뜨렸다. 듣고 있던 석태가 끼어들었다.

"웃긴 왜 웃어. 너네 무용단원들 만나 보겠다고 여기까지 오셨으면 슈 아저씨는 팬클럽 회장이라고 할 수 있지."

"맞아. 그런데 팬클럽 회원은 누구지?"

아영이가 말했다. 아영이의 이 말에 보람이는 손님을 손가락으로 가리켜 보이며 말했다.

"여기 있잖아. 회장인 동시에 회원인 거지."

학생들은 다시 까르르 웃었다. 채령이는 지금 상황을 부지런히 손님에게 설명했고, 채령이의 설명을 듣고 난 손님이 말했다.

"야, 아 앰 유어 앤투지에스트."

그러나 채령이는 앤투지에스트라는 말이 무슨 뜻인지 잘 모르는 것 같았다. 그래서 잠시 손님의 설명을 들어야 했다. 그런 끝에 그녀는 말했다.

"슈 아저씨는 우리의 열애자, 우리를 열광적으로 사랑하는 사람이랍니다."

학생들은 "와!" 하고 박수를 쳤다.

"그게 바로 팬클럽 회원이라는 말 아니겠어. 이 지구상에서 유일한 우리 팬클럽 회원이자 회장이신 슈 아저씨가 오셨으니 유나 언니가 잘해 드려야겠어."

지영이가 유나를 건너다보며 말했다. 유나는 방금 마신 발렌타인 삼십 년산 때문에 그런지 발그스름하게 달아오른 얼굴로 말했다.

"기집애, 내가 왜?"

"언니가 예쁘잖아."

학생들은 까르르 웃음을 터뜨렸다. 그때 아영이가 끼어들었다.

"그럼 내가 슈 아저씨한테 잘해 드려야겠네. 내가 제일 예쁘니까."

학생들은 다시 까르르 웃음을 터뜨렸다.

허도는 그때까지도 누나가 준 술잔을 엉거주춤 든 채 방 한쪽 구석에 웅크리고 앉아 있었다. 그는 이 술이 자신에게 치명적인 독이 될 거라는 사실을 본능적으로 알고 있었다. 이 독약을 먹이기 위해 누나가 굳이 자신을 붙들어 둔 것인가 하는 생각이 들었다. 만약 이걸 먹고 당장에라도 죽을 수만 있다면 차라리 나을 것이다. 그러나 이걸 먹고 고통스러워할 걸 생각하니 괴로웠다. 허도가 이런저런 생각에 잠겨 있을 때였다. 언제 나타났는지 정대가 허도의 손에 들린 술잔을 잽싸게 낚아채며 말했다.

"이거 내가 마실게."

이렇게 말한 정대는 말릴 틈도 없이 단숨에 술을 마셔 버렸다. 그러고는 손등으로 입을 쓱 문질러 닦으며 승리 감에 도취된 표정으로 비시시 웃었다. 정대가 술 마시는 걸 본 동생 정수가 허순에게 말했다.

"엄마! 형아 술 마셨다."

이 말을 들은 허순은 번득이는 눈으로 정대를 돌아보 았다. 그러나 굳이 분란을 일으키고 싶지 않은지 아무 말 하지 않았다.

2

허도는 배가 고팠다. 형 허표한테 얹혀살고 있는 허도로서는 늦기 전에 집으로 돌아가야 저녁밥을 얻어먹을 수 있었다. 물론 저녁 식사 시간이 지난 뒤에 가도 밥을 주기는 하지만, 그렇게 되면 허도의 형수는 시동생을 위하여 새로 밥상을 차리는 수고를 할 수밖에 없는데, 그것은 형수에게 여간 미안한 일이 아니었다. 그래서 허도는 너무 늦기 전에 집으로 돌아가야 하는데, 그러려면 우선 허순의 아파트를 빠져나가야 했다. 그러나 허순의 좁은 임대 아파트 거실에는 지금 사람들이 빼곡히 들어차 있어서, 그 사이를 헤치고 나갈 엄두가 나지 않았다. 오랜 병마에 시달려 쇠약해질 대로 쇠약해진 허도는 사람들 사이를 헤치고 지나가다가 자칫 몸을 가누지 못하고 쓰러질 수도 있는데, 그렇게 되면 사람들에게 엄청난 불쾌감을 줄 수도 있다는 것을 허도는 걱정하고 있었다. 그렇다고 해서 허순의 집에서 저녁밥을 얻어먹을 수 있을 것 같지도 않았다. 왜냐하면 허순은 귀한 손님이 와 계시는데도 불구하고 저녁 준비를 할 생각이 전혀 없어 보였으니까 말이다. 설사 허순이 저녁밥을 준비한다 할지라도 이 폐쇄된 공간에서 폐결핵 환자인 허도와 함께 식사하는 걸 꺼림칙해하지 않을 사람은 아무도 없다고 허도는 생각했다. 허도가 이런저런 생각에 잠겨 있을 때 허순이 사람들을 향해 말했다.

"자, 이제 저녁 먹으러 가자."

허순이 이렇게 말하자 여학생들은 일제히 "좋아요!" 하고 소리쳤다. 그녀들도 허도처럼 배가 고팠던 것 같았다. 허순은 계속해서 말했다.

"물론 슈 아저씨가 오셨으니 우리 집에서 식사를 대접해야 하지만, 보다시피 우리 집은 너무 좁아서 다 같이 식사를 할 수가 없다. 그러니 밖에 나가서 먹기로 하자."

학생들은 일제히 "좋아요!" 하고 소리쳤고, 채령이의 통역을 통하여 허순이 하는 말을 전해 들은 손님은 이해가 간다는 듯이 고개를 끄덕였다. 허순은 계속했다.

"오늘 저녁 식사는 계순이 아줌마네 집에 가서 먹기로 한다. 좋지?"

그러나 이번에 학생들은 의아해하는 표정을 지을 뿐 탄성을 지르지는 않았다. 그때까지 열심히 통역을 하던 채령이마저 이해할 수 없다는 표정으로 통역을 중단했다.

"그렇지만 계순이 아줌마네 집은 개고깃집이잖아요?"

선영이가 허순에게 말했다.

"개고깃집이면 어때?"

허순이 말했다.

"그렇지만 개고기 못 먹는 사람도 있잖아요. 슈 아저씨도 그렇고."

선영이가 말했다. 개고깃집에 간다는 사실을 차마 통역할 수가 없었는지 채령이는 아무 말도 하지 않고 돌아가는 추이를 지켜보고 있었다. 그때 허순의 큰아들 정대가 선영이에게 말했다.

"나는 개고기 먹을 수 있다. 개고기 맛있다."

허순의 작은아들 정수가 형을 두둔하며 말했다.

"맞아!"

"개고기는 비싸대요, 선생님. 이 많은 사람이 그걸 먹으려면……."

보람이가 말했다.

"그런 걸 왜 니가 걱정하니? 누가 너한테 돈 내라고 했어?"

허순이 말했다. 보람이는 말문이 막혀 버린 것 같았다. 그때 석태가 나섰다.

"야, 이년들아, 너네들이 개고기 맛을 알아? 한국 사람이면 개고기 맛을 알아야 해."

"그렇지만 슈 아저씨는 어떻게 해요?"

아영이가 걱정스러운 표정으로 말했다.

"옛날 속담에 이런 말도 있어. 개고기 먹는 놈은 개 같은 놈이고, 개고기 못 먹는 놈은 개보다 못한 놈이라고. 한국에 왔으면 슈도 개고기를 먹어 봐야 할 거 아냐. 슈가 개고기를 못 먹으면 개만도 못한 놈이 되는 거야, 안 그래?"

석태의 이 말에 가장 난감한 표정을 짓고 있는 것은 채령이였다. 이 상황을 손님에게 어떻게 설명해야 할지 알 수 없었을 테니까 말이다. 그런데 그때 뜻밖에도 손님이 자리에서 일어나 모자를 찾아 쓰며 말했다.

"캐고기가자!"

이 말에 학생들은 일제히 당황한 표정들로 손님을 올려다보았다. 보람이는 수진이의 귓전에다 대고 속삭였다.

"슈 아저씨 우리가 하는 말 다 알아들은 거 아냐?"

"에이, 설마!"

수진이가 말했다. 그때 다시 손님이 자신의 조그마한 가방을 어깨에 둘러메며 말했다.

"캐고기가자!"

이렇게 하여 학생들은 저마다 마뜩지 않은 표정들로 자리에서 일어났다. 허순의 두 아들, 정대와 정수만이 신바람이 난 표정으로 달려 나갔다.

"캐고기가자!"

현관문을 나서면서 슈는 다시 한 번 소리쳤고, 이번에 학생들은 와르르 웃음을 터뜨리며 슈의 뒤를 따랐다. 채령이는 슈에게 개고기가 뭔지 아느냐고 물었다.

"아이 게스, '캐고기가자' 이즈 더 네임 오브 레스토랑, 이즌트 잇?"

채령이는 난감해하는 표정을 지을 뿐이었다.

사람들이 우르르 빠져나가는 것을 바라보면서 허도는 안도했다. 이제 그는 누구의 눈에도 띄지 않게 이 집을 빠져나갈 수 있고, 비록 좀 늦기는 했지만 형의 집으로 돌아가 저녁밥을 얻어먹을 수 있다고 생각했기 때문이었다. 그런데 그때 허순이 허도에게 말했다.

"너도 가자."

허도는 애원하는 눈으로 누나를 올려다보며 자신은 그

냥 빠지겠다고 말했다. 그러자 허순은 소리치듯 말했다.

"넌 또 왜 고집을 부리고 지랄이야? 내 말 안 들어서 니가 잘된 게 뭐가 있어? 니가 종이 공장에 다닐 때, 월급 그년한테 갖다 바치지 말고 모아서 독립하라고 내가 몇 번이나 말했어? 그렇게 말했는데도 니가 내 말 들었어?"

허도는 죄지은 사람처럼 고개를 숙이고 있을 뿐 아무 말 하지 못했다. 허순은 계속했다.

"그렇게 돈 갖다 바치다가 막상 니가 병들고 나니 그년 이 너한테 밥이나 제대로 주디?"

듣고 있던 허도가 모깃소리처럼 작은 소리로 밥은 준 다고 말했다. 그러나 허기가 지면 고욤나무 밑에서 지렁 이를 캐 먹으면 된다는 말은 물론 하지 않았다.

"시끄러, 이 새끼야. 니가 그렇게 말해도 내 다 알고 있 어. 그년이 어떤 년인데……."

허도는 자신의 형수가 그렇게 나쁜 사람은 아니니 제 발 그렇게 욕하지 말라고 애원하듯 말했다. 허순은 그러 나 허도의 말은 듣지 않고 계속했다.

"오빠 그 새끼도 그렇지. 지 동생이 죽어 가고 있는데 도 비루먹은 남의 집 개 바라보듯 눈만 멀뚱거리고 있어."

허도는 누가 들을까 봐 겁이 나는지 좌우를 한 번 살폈 다. 다행히 학생들과 손님은 아파트를 빠져나간 뒤였다.

석태만이 남아서 학생들이 다 마시지 못하고 남긴 발렌타인 삼십 년산을 술병에 도로 따라 담고 있었다. 그리고 술병을 곽에 넣어 들고 나갔다.

허도는 자신이 병에 걸린 건 형의 잘못이 아니라고 말했다. 허순은 갑자기 흐느끼면서 어머니가 살아 있었다면 허도에게 밥이라도 챙겨 줬을 거라고 말했다. 당황한 허도는 잠시 아무 말 하지 않았다. 잠시 후 그는 애원하는 표정과 목소리로, 자신은 몰골이 너무 흉측해서 젊은 여학생들 보기가 부끄럽다면서 그냥 집으로 돌아가겠다고 말했다. 그러자 허순은 더욱 서럽게 울먹이면서 말했다.

"야, 이 새끼야! 서른이나 먹은 놈이 장가 한번 못 가보고 죽는 게 억울하지도 않아? 장가는 못 가더라도 죽기 전에 젊은 년들 사타구니라도 실컷 훔쳐봐야 할 거 아냐. 괜찮아. 훔쳐본다고 닳겠어? 이럴 때 아니면 언제 저렇게 이쁜 년들 사타구니를 훔쳐보겠어?"

허도는 너무나 당황하여 숨이 다 막힐 것 같았다. 비루먹은 개 같은 자신에게 저 젊고 예쁜 처녀들의 사타구니를 훔쳐보라고 하다니, 그것은 온당치 못한 말이라고 허도는 생각했다. 그것은 어린 학생들에게 너무 가혹한 일이라고 허도는 생각했다. 누나의 말이 너무나 황당해서 허도는, 몇 해 전 여름에 허도가 아영이 엄마의 사타구니를 훔쳐본 사실을 누나가 혹시 알고 이런 말을 하는 건 아닐까 하는 생각까지 들 지경이었다.

"그리고 지금은 집에 가도 아무도 없을 거야. 오빠와 그년도 계순이네 집으로 오라고 했어. 같이 저녁 먹자고."

허순의 이 말에 허도는 어안이 벙벙했다. 허도의 형 허표네와는 그다지 사이가 좋지 않아서 평소에 내왕이 잦지도 않은데, 외국에서 온 귀한 손님과 예쁜 무용반 여학생들을 대접하는 자리에 허표를 불렀다는 것은 도무지 이해할 수 없는 일이었던 것이다. 허도는 다시 허순에게 자신은 안 가겠다고 말했다. 형님까지 낀 자리에 자신이 끼면 손님과 여학생들이 몹시 불편해할 거라고 생각했기 때문이었다.

"이 새끼야! 너한테 개고기라도 한번 실컷 처먹이려고 이러는 거다. 죽기 전에 개고기라도 배 터지게 처먹어 봐야 될 거 아니야?"

이렇게 말하는 허순의 목소리에는 다시 울음이 섞여 있었다. 허도는 이제 더 이상 어쩔 수 없다고 생각했다.

허순의 임대 아파트에서 나왔을 때 밖은 이미 어두워져 있었다. 계순이 아줌마네 집으로 가는 길에 석태는 아는 사람을 만날 때마다 떠들썩하게 인사를 하며, 저만치 학생들과 함께 앞서 가고 있는 모자 쓴 손님을 가리켜 보이며, "저분"은 외국 사람인데, 백만장자의 아들이라고 했다. 석태는 자신이 한 말을 증명하기 위해서 그렇게 하기라도 하듯, 들고 나온 발렌타인 삼십 년산을 꺼내 보이면서 이런 것을 시중에서 사자면 백만 원이 넘을 거라고 했다. 사람들은 그러나 반신반의하는 표정들이었다. 그들의 관심은 "저 사람"이 진짜 외국 사람이라면 석태가 어느 나라 말로 저 사람과 대화를 하는가 하는 것이었다. 그때마다 석태는 "대충" 영어로 통한다고 말했다. 사람들은 반신반의하는 표정들이었다.

허순은 또 하원고등학교 여교사 한 사람을 길에서 우연히 만났다. 허순은 몹시 반가워하며 그 여교사를 굳이 손님에게로 끌고 가 소개시켰다.

"접때 서울 갔을 때, 이분이 우리 무용단 공연을 보시고 너무너무 좋다고 하시면서, 우리 무용단원을 다시 만나 보기 위해 여기까지 오셨지 뭐예요."

영어를 못하는 여교사는 이 갑작스러운 상황이 당혹스러워 어쩔 줄 몰라 할 뿐이었다.

계순이 아줌마네 집 홀에는 허도의 형 허표와 허도의 형수가 벌써 와서 기다리고 있었다. 허표는 고추밭에 농

약을 치고 왔는지 새마을운동 모자를 쓰고 있었다. 그는
불과 서른여덟이지만 오십을 훌쩍 넘긴 것처럼 늙어 보였
다. 심한 노동에 시달려서 그런지는 모르지만 그의 얼굴
에는 표정이 없었다. 그런 그에 비하면 허표의 아내는 미
리 몸단장을 하고 나와서 그렇게 보이는지는 모르지만 허
순보다 더 젊어 보였다. 파마 머리에 뚱뚱한 몸매를 하고
는 있지만 얼굴에는 아직도 희미하게나마 젊음의 아름다
움이 남아 있었다. 허순의 두 아들을 필두로 한 무리의 여
학생들과 중절모를 쓴 키가 큰 낯선 남자, 그리고 허순과
석태가 홀 안으로 밀려들어오고 있었지만 허표는 자신과
는 아무 상관이 없는 사람들이라는 듯 무표정한 얼굴로
멀뚱히 쳐다보고만 있었고, 허표의 아내는 호기심 많은
눈으로 핼끔핼끔 낯선 남자를 훔쳐보곤 했다.

"모두 몇 명이야?"

계순이 아줌마는 희색이 만연하여 물었다. 요즘 같은
불황에 이렇게 많은 손님이 한꺼번에 들이닥치니 이게 웬
횡잰가 하는 표정이었다.

"열다섯."

허순이 말했다. 이 말을 들은 채령이는 열세 명이라고
정정했다. 그런 채령이에게 허순은 눈을 끔적여 신호를
보내며 은밀한 목소리로 말했다.

"저기 내 오빠와 올케도 불렀어."

그때서야 채령이는 저편 탁자 앞에 마주 앉은 허표와 허표의 아내를 발견하고는 그들을 향해 꾸벅 인사했다. 그러면서도 그녀는 도무지 이해할 수 없다는 표정을 지었다. 폐결핵을 앓고 있는 허도 외에도 허표와 허표의 아내까지 끼면 슈 아저씨가 불편해할 거라고 생각하는 것 같았다. 그런 채령이의 마음을 읽었는지 허순은 변명하는 투로 말했다.

"숟가락 두 개만 더 올리면 되는데, 뭐."

"그렇지만 슈 아저씨한테 먼저 여쭤 봐야 하지 않을까요? 슈 아저씨가 불편해하실 수도 있잖아요."

"그럼 그렇게 해. 여쭤 봐."

채령이는 손님에게로 가 저편에 앉아 있는 허표와 허표의 아내를 손으로 가리켜 보이며, 저분들은 허순 선생님의 오빠와 올케인데, 멀리 외국에서 손님이 오셨다고 하니 인사라도 할 겸 왔는데, 우리와 함께 식사를 해도 괜찮겠느냐고 물었다. 손님은, 채령이가 염려했던 것과는 반대로 너무나 흔쾌히, 너무나 반가워하는 표정과 목소리로 소리치듯 말했다.

"오! 히 이즈 허순즈 엘더 브라더? 베리 굿! 베리 굿!"

그런 손님에게 채령이는 다시, 모르는 사람과 식사를

함께하는 것이 불편하지는 않겠느냐고 물었다. 그러자 손님은 "노 프로블럼! 노 프로블럼!" 하고 소리치고는, 저 사람들은 허순의 가족이기 때문에 모르는 사람들이라고 할 수 없다고 말했다. 그러고는 허표와 허표의 아내가 앉아 있는 쪽으로 성큼성큼 다가가 손을 내밀어 악수를 청했다. 허표는 황급히 자리에서 일어나 모자를 벗고 허리를 굽히며 손님의 손을 잡았다.

손님은 허표의 손을 잡은 채, 허순의 동생과 오빠를 모두 만나다니 반갑고 기쁘다고 말했다. 채령이는 손님이 한 말을 통역했지만 허표는 너무나 당황한 나머지 무어라 미처 응답을 하지 못하고 있었다. 손님은 또, 허표의 아내에게도 손을 내밀어 악수를 청하며 반갑다고 말했다. 허표의 아내는 쑥스러워 어쩔 줄 모르는 표정으로 손을 내밀었다. 손님은 이제 두 사람을 향하여 더없이 밝은 표정으로, 당신들이 허순의 가족이라면 나의 가족이나 마찬가지다, 왜냐하면 허순은 나의 가족이나 다름없기 때문이라고 말했다. 채령이의 통역에도 불구하고 허표와 허표의 아내는 전혀 이해하지 못하는 표정이었다.

"열다섯 명이면 방으로 들어가야겠네."

계순이 아줌마가 사람들을 향해 말했다. 학생들은 홀 뒤편에 있는 방으로 슈 아저씨를 이끌었다. 손님은 학생들에게 이끌려 방으로 들어가면서도 허표와 허표의 아내를 돌아보며 손짓을 하며 소리쳤다.

"컴 온! 컴 온, 플리즈!"

그러나 허표는 흡사 눈 뜬 봉사처럼 멍한 눈을 하고 있을 뿐이었다.

여학생들은 슈를 데리고 방으로 몰려들어갔다. 그들에게 뒤질세라 허순의 두 아들 정대와 정수도 방으로 달려들어가 가장 좋은 자리를 하나씩 차지하고 앉았다. 긴 탁자를 사이에 두고 가운데 자리 양쪽을 두 아이가 차지해버린 것이었다. 이렇게 되자 손님을 앉힐 자리가 좀 애매해졌다.

"정대와 정수는 엄마 옆에 앉아야지. 저쪽으로 가."

두 아이를 굽어보며 보람이가 말했다.

"싫어! 난 여기가 좋아."

정수가 말했다. 이렇게 말하는 정수의 태도가 너무나 완강했기 때문에 불가항력을 느꼈던지 보람이는 이제 건너편에 앉은 정대를 향해 말했다.

"정대야, 너는 저쪽으로 가! 여기는 이 아저씨가 앉아야 돼."

그러자 정대는 보람이를 올려다보며 소리쳤다.

"싫다고 하잖아, 이 씨팔년아!"

이렇게 말하는 정대는 아까 마신 발렌타인 삼십 년산 때문에 그렇겠지만 숨소리까지 씩씩거리고 있었다. 그때 방문 밖에 서서 방 안의 사정을 들여다보고 있던 석태가 두 아이를 향해 말했다.

"정대, 정수는 이쪽으로 와."

두 아이는 자신들이 차지한 자리를 빼앗기지 않기 위해 그렇게 하는 듯 탁자를 두 손으로 움켜잡은 채 꼼짝하지 않았다.

"정대와 정수는 아빠 옆으로 가야지."

아영이가 달래는 투로 말했다. 그때 정수가 소리쳤다.

"저 새끼 울 아빠 아니야."

어린 정수의 이 말에 석태는 무안해졌는지 벌겋게 달아오른 얼굴로 아무 말 하지 못했다. 여학생들도 이제 더이상 어쩔 수가 없다고 판단한 듯 방 저편 구석 자리에 손님을 앉혔다. 그리고 손님 양옆으로는 채령이와 유나가 앉고, 그 옆으로는 다른 여학생들이 올망졸망 자리를 잡고 앉았다.

한편, 그때 방문 밖에서는 허순이 허표와 허표의 아내를 상대로 옥신각신하고 있었다. 허표와 허표의 아내는 그냥 홀에 앉아서 먹겠다고 버티고 있었고, 그런 두 사람에게 허순은 방으로 들어가자고 권하고 있었던 것이다.

"들어가면 뭐해? 말도 안 통하는데. 그냥 여기서 한 그릇 먹으면 되지."

허표의 아내가 말했다.

"말이 안 통하면 어때? 언제 저런 외국 사람과 함께 밥을 먹어 보겠어?"

"함께 먹으면 뭐해? 불편하기만 하지."

두 사람 사이에 이런 이야기가 오가는 동안에도 허표는 무표정한 얼굴을 하고 있을 뿐이었다. 그런 허표에게 석태는 발렌타인 삼십 년산이 든 곽을 열어 보이며 말했다.

"이게 저분이 사 온 술인데 얼마짜린지 아세요? 시중에서 사면 백만 원도 더 해요."

석태의 이 말에 허순이 거들었다.

"중국의 웬만한 부자들도 이 술은 함부로 못 마신대요."

허표는 여전히 표정 없는 얼굴을 하고 있을 뿐이었다. 허표의 아내는 믿을 수 없다는 표정이었지만 굳이 내색하여 말하지는 않았다.

허도는 왜 허순이 외국에서 온 저 훌륭한 손님과 예쁜 무용단 학생들이 모인 이 자리에 굳이 허표와 허표의 아내까지 끼워 넣으려 하는지를 어느 정도 알 것 같았다. 이혼을 당하고 두 아이와 함께 고향으로 돌아와 석태 같은 망나니와 붙어사는 여동생을 허표는 늘 부끄럽게 생각하고 있었고, 허표의 아내 역시 비록 겉으로 말은 안 해도 속으로는 그런 시누이를 비웃고 있었는데, 그들의 그런 태도 때문에 허순은 또한 은근히 화가 나 있었던 것이다. 그래서 허순은 이번 기회에, 여름 내내 고추밭에 엎드려 두더지처럼 흙이나 파는 무지렁이 허표와 허표의 아내를 기죽이고 싶어 하는지도 모른다. 그리고 그런 그녀의 의도를 본능적으로 알고 있기 때문에 허표와 허표의 아내는 방에 들어가지 않겠다고 버티고 있는지도 모른다고 허도는 생각했다.

그때 아영이가 방에서 나오며 말했다.

"슈 아저씨가 허표 아저씨랑 아줌마 데리고 들어오래요."

"거봐. 들어오라고 하잖아."

허순이 말했다. 그러나 허표와 허표의 아내는 자리에서 일어날 생각이 없는 것 같았다. 그때 다시 방문이 열리면서 손님이 밖을 내다보며 손짓까지 해 보이며 소리쳤다.

"헤이! 컴 인! 컴 인, 플리즈!"

그제서야 허표의 아내는 쑥스럽게 웃으면서 자리에서 일어났다.

"그럼 들어가 봅시다. 당신도 일어나세요."

허표도 굼뜬 동작으로 자리에서 일어났다. 두 사람은

석태를 따라 방 안으로 들어갔다. 형과 형수가 방으로 들어가는 것을 확인한 뒤에야 허도는 허순에게, 자신은 방에 들어가지 않고 여기서 한 그릇 먹겠다고 했다. 그때 계순이 아줌마가 허도에게 말했다.

"그래, 그럼 여기 앉아. 내가 보신탕 한 그릇 따로 따끈하게 끓여 줄 테니. 수육도 듬뿍 넣어서."

계순이 아줌마가 보기에도 허도 같은 결핵 환자는 외국에서 온 저 훌륭한 손님과 무용반 여학생들이 있는 방에 들어갈 일이 아니라 여기 홀에서 혼자 먹는 것이 낫겠다고 판단되는 것 같았다. 허순은 그러나 계순이 아줌마의 말은 무시한 채 허도를 향해 소리쳤다.

"니가 거지야, 문밖에 혼자 앉아서 먹게? 니가 거지냐고?"

허순의 이 말에 계순이 아줌마는 갑자기 무안해져서 어쩔 줄 몰라 하는 표정으로 말했다.

"그래. 누님 시키는 대로 해. 니 혼자 여기 앉아 먹고 있는 걸 보면 누님이 얼마나 속상하겠어? 젊고 예쁜 처녀들 곁에 앉아서 허연 종아리 훔쳐보면서 먹으면 더 좋지 뭘 그래?"

계순이 아줌마의 이 파렴치하기 짝이 없는 말에 허도는 숨이 다 막힐 지경이었다. 그럼에도 허도는 자리에서 일어날 수밖에 없었다. 누나의 고집을 꺾을 자신이 없었기 때문이었다.

허표와 허표의 아내에 이어 폐결핵 환자인 허도까지 방으로 들어서자 아닌 게 아니라 여학생들은 몹시 불편한 기색들이었다. 자신들의 무용단을 찾아 슈 아저씨가 여기까지 내려왔는데 군식객들이 들이닥쳤으니 손님 보기가 여간 민망스럽지 않았을 테니까 말이다. 그래서 그랬겠지만 그녀들은 저마다 힐끔힐끔 슈 아저씨의 눈치를 살폈다. 그런데 그녀들의 그런 염려와는 달리 슈 아저씨는 너무나 밝고 소탈한 표정으로 허표와 허표의 아내 그리고 허도와 허순을 맞이하며 이렇게 말하고 있었다.

"오! 브라더 앤 시스터! 싯 다운! 싯 다운 플리즈!"

허표와 허표의 아내는 손님과 비스듬히 마주 보이는 자리에 앉았다. 물론 허도는 저편 출입문 쪽에 혼자 웅크리고 앉았다.

손님은 허표와 허도와 허순이 남매지간이라 서로 좀 닮은 것 같다고 말했다. 채령이의 통역을 통해 손님이 하는 말을 들었겠지만, 허표는 손님으로부터 약간 외면한 채 맞은편 벽면을 바라보고 있었다. 손님은 다시, 허표 형제는 하원 토박이냐고 물었다. 이번에도 허표는 손님과 대화할 의사가 전혀 없는 듯 무표정한 얼굴로 맞은편 벽

면만 바라보고 있었다. 그런 남편을 대신하여 허표의 아내가 대답했다.

"토박이라고 할 수 있지. 시어머니가 외지에서 재가를 왔다지만, 시아버지는 하원 사람이었으니까."

그녀의 이 말에 허순은 이맛살을 찌푸렸다. 시어머니가 재가 왔다는 것을 굳이 밝히는 올케의 심보가 고약하다고 생각한 것 같았다. 그러나 채령이는 이 말을 있는 그대로 통역했고, 손님은 고개를 끄덕였다. 손님은 다시, 하원이 허씨의 집성촌이냐고 물었고, 이번에도 허표의 아내가 남편을 대신하여, 허씨 집성촌은 아니라고 하면서, 하원에는 오히려 버들 류씨가 더 많이 산다고 했다.

계순이 아줌마가 주문을 받으러 왔다. 석태는 돔베 고기 뱃바지살로만 열 근을 시켰다.

"그걸 누가 다 먹어요? 개고기 못 먹는 사람도 있단 말예요."

지영이가 말했다. 그러자 석태가 좌중을 둘러보며 말했다.

"누가 개고기 못 먹어? 못 먹는 사람 손들어 봐."

단정한 교복 차림의 선영이와 보람이가 손을 들었다. 손님의 옆에 앉은 채령이는 손을 들었다가 도로 내렸다. 그녀는 본래 개고기를 안 먹지만 손님만 먹게 하고 자기는 안 먹는다면 아무래도 분위기가 좀 이상해질 것 같아서 어쩔 수 없이 먹기로 결심한 것 같았다.

"개고기 못 먹는 사람은 삼계탕을 먹으면 돼."

계순이 아줌마가 말했다.

"좋아, 그럼 뱃바지 열 근에 삼계탕 두 그릇 주시오."

석태가 말했다. 계순이 아줌마는 알았다고 하고 밖으로 나갔다. 그런 그녀를 불러 세워 석태는 소주 다섯 병과 맥주 열 병도 달라고 했다. 개고기를 못 먹어서 삼계탕을 먹게 될 선영이와 보람이는 저편 끝자리에 앉아 있는 여학생과 자리를 바꾸어 앉았다.

허도는 걱정했다. 물론 손님이 백만 원이 넘는 귀한 술을 선물로 사 왔다면 톡톡히 대접을 하는 것이 마땅하기는 하지만, 뱃바지 열 근과 삼계탕 두 그릇에 소주 다섯 병에 맥주 열 병이면 엄청나게 돈이 많이 나올 텐데, 그걸 지불하고 나면 누나는 경제적으로 큰 타격을 입을 거라고 생각했기 때문이었다. 이럴 줄 알았으면 허도 자신이라도 빠져 입이라도 하나 줄였어야 했는데 하는 생각이 들었다.

잠시 후 상이 차려졌다. 사람들 앞에 수저, 물컵, 물수건, 소주잔, 맥주잔, 앞 접시들이 놓였다. 또 소금 접시, 소스 접시들이 놓이고 부추와 깻잎 등의 야채가 담긴 소쿠리들이 테이블 여기저기에 놓였다. 그리고 술이 들어왔다. 그러나 아직 개고기는 들어오지 않았다.

"무슨 고기냐고 물으면 뭐라고 대답하죠?"

채령이가 허순에게 물었다. 채령이는 처음부터 줄곧 그것이 걱정이었던 것 같았다.

"그냥 소고기라고 하지 뭐."

허순이 말했다. 그러나 채령이는 거짓말하는 것이 영 마음에 내키지 않는 표정이었다.

"그럴 거 뭐 있어. 그냥 개고기라고 해."

술을 따르고 있던 석태가 말했다. 그러면서 그는 "멍멍멍멍" 개 짖는 소리를 냈다. 그러나 좌중의 사람들 중에 누구도 웃는 사람은 없었다. 여학생들도 채령이와 마찬가지로 은근히 걱정들을 하고 있는 것 같았다.

이윽고 김이 설설 피어오르는 커다란 개고기 덩어리가 얹힌 도마들이 날라져 왔다. 그 우람한 고깃덩어리들을 보자 손님은 눈이 휘둥그레졌다. 그리고 곁에 앉은 채령이에게 이게 무슨 고기냐고 물었다. 채령이는 마침내 올 것이 왔다는 듯 절망에 찬 표정을 짓고 있었다. 그때 유나가 불쑥 말했다.

"머튼."

유나의 이 말에 손님은 "아하! 머튼." 하고 소리치며 고개를 끄덕였다. 그리고 몹시 어설픈 동작으로 젓가락을 잡았다. 곁에 앉은 채령이가 젓가락 잡는 법을 가르쳐 주었다.

"뭐라고 한 거야?"

허순이 채령이를 향하여 물었다.

"양고기라고 했어요."

보람이가 대신 대답해 주었다. 그러자 석태는 다시 "메에에!" 하고 염소 울음소리를 흉내 냈다. 손님도 "무우우우!" 하고 영어식 양 울음소리를 냈다. 여학생들은 와르르 웃음을 터뜨렸다.

손님은 유나의 도움을 받아 개고기 한 점을 소스에 찍어 부추와 함께 깻잎에 쌌다. 그리고 마침내 개고기를 입에 넣고 우물우물 씹기 시작했다. 여학생들은 손님의 반응을 기다리고 있었다.

"음, 굿!"

이윽고 손님이 말했다. 그제서야 여학생들의 얼굴에는 안도의 미소가 감돌았다. 그리고 저마다 젓가락을 집어 들고 개고기를 먹기 시작했다. 그러나 이편 테이블에 앉은 정수, 정대, 석태는 손님이 젓가락을 들기 전부터 이미 맹렬하게 개고기를 먹고 있었다. 허표와 허표의 아내도 젓가락을 집어 들었고, 허순은 젓가락을 집어 들 것도 없이 손으로 개고기를 집어 먹기 시작했다. 삼계탕을 기다리고 있는 선영이와 보람이를 제외한 다른 모든 여학생들도 개고기를 먹기 시작했다. 개고기 냄새가 좀 역겨운 듯 처음에는 약간 이맛살을 찌푸렸던 채령이마저도 곧 개고기를 먹기 시작했다.

개고기를 먹고 있는 허도는 행복했다. 입속에서 씹히는 개고기는 부드러웠고, 육즙은 달았고, 냄새는 구수했다. 고욤나무 밑에서 캐낸 흙 묻은 지렁이나 질겅질겅 씹어 먹곤 했던 허도에게는 정말이지 개고기가 입안에서 저절로 사르르 녹는 것 같았다. 그 감미로운 개고기의 육즙은 마른 논바닥에 봇물이 스며들듯 허도의 바짝 마른 몸 구석구석을 촉촉이 적시는 것만 같았다. 그 맛있는 개고기를 입안 가득 넣고 우적우적 씹으면서 허도는 자신도 모르게 눈시울이 확 달아오르는 것을 느꼈다. 그도 그럴 것이 그때서야 비로소 그는 깨달았던 것이다. 자신의 누나 허순이 왜 저 훌륭한 손님과 예쁜 여학생들로 이루어진, 허도 자신에게는 도무지 어울리지도 않고 불편하기만 한 이 자리에 자신을 끼워 넣으려 했는지를 말이다. 누나의 말처럼 이 맛있는 개고기도 한번 먹어 보지 못하고 죽는다면 정말 한이 되었을 거라는 생각도 들었다. 이런 생각을 하던 허도는 문득 고개를 쳐들어 손님 쪽을 바라보왔다.

손님도 역시 곁에 앉은 유나의 도움을 받아 가면서 우물우물 개고기를 먹고 있었다. 예쁘고 도도한 유나가 그 고운 손을 부지런히 놀려 손님에게 개고기를 거두어 먹이고 있는 모습이 너무나 보기 좋고 흐뭇하여 허도는 다시 눈시울이 화끈 달아오르는 것을 느꼈다. 몇 차례나 채령이가 가르쳐 주는데도 불구하고 젓가락질이 서툰 손님에게는 두 개의 쇠막대기가 몹시도 불편해 보였다. 보다 못한 채령이는 계순이 아줌마를 불러 포크가 있으면 가져다 달라고 부탁했고, 계순이 아줌마는 곧 포크 하나를 가져왔다. 처음에 손님은 젓가락을 포기할 수 없다면서 포크를 거절했다. 그러나 오래지 않아 슬며시 젓가락을 내려놓고 포크를 집어 들었다. 그런 그의 모습이 귀엽고 재미있다는 듯이 여학생들은 까르르 웃음을 터뜨렸다. 허도도 속으로 킥킥킥 웃고 있었다. 잠시 후에는 펄펄 끓는 삼계탕 두 그릇이 들어왔고, 선영이와 보람이도 마침내 수저를 집어 들었다. 그때서야 안심이 되는지 허도는 다시 개고기를 먹기 시작했다.

허도뿐만 아니라 좌중의 모든 사람이 다 잘 먹었다. 허도의 누나 허순은 사람들이 고기를 먹기 좋게 손으로 찢어 놓으면서도 쉬임 없이 개고기 조각을 입안으로 집어넣고 있었다. 그녀 또한 유방암 수술 이후 몸이 쇠약해져 있어서 개고기처럼 영양가 있는 음식물을 섭취할 필요가 있었을 것이다.

허도의 형 허표는 뜨거운 개고기를 먹고 있어서 그렇겠지만 이마에 굵은 땀방울을 흘리고 있었고 콧구멍에서는 콧물이 흘러내리고 있었다. 식은땀과 콧물을 흘리는 것으로 보아 여름내 뜨거운 햇볕 속에서 고추 농사를 짓느라 허표 또한 몸이 허해진 것 같았다.

허표의 아내도 옴팡지게 개고기를 먹고 있었다. 그녀는 커다란 고깃덩어리를 옴팡지게 입안으로 넣고 옴팡지게 씹었다. 그러면서도 그녀는 때때로 저편에 앉은 손님을 핼끔핼끔 관찰하곤 했다. 그러는 중간중간에 그녀는 자신의 앞에 놓인 소주잔을 들어 볼칵볼칵 마셨다.

그러나 누구보다도 맹렬하게 개고기를 먹고 있는 것은 허순의 두 아들 정대와 정수였다. 그들은 입 주변에 온통 거무칙칙한 개고기 국물을 묻힌 채 엄마가 찢어 주는 개고기를 옹골차게 입안으로 밀어 넣고 있었다. 방과 후 무용 강사를 해서 버는 몇십만 원의 돈으로는 두 아이를 충분히 먹일 수 없었을 것이다.

두 아이에 비하면 석태는 훨씬 효율적으로 개고기를 먹었다. 그는 뼈가 붙은 커다란 고깃덩어리를 손으로 집어 들고 뜯었다. 그는 그 아까운 개고기를 몇 번 씹지도 않고 삼켜 버리는 것 같았다. 그러다 보니 그의 손에 들려 있던 고깃덩어리는 앙상한 뼈만 남긴 채 사라지곤 했다. 석태는 뼈에 붙은 살점과 국물까지 알뜰하게 핥아 먹었다. 따라서 석태의 손에 들어갔던 개뼈다귀들은 금세 하얗게 뼈 본래의 모습을 드러내곤 했다. 이렇게 한 덩어리의 개고기를 먹고 나면 석태는 어김없이 소주잔을 들어 들이켜곤 했다.

허순의 식구들에 비할 바는 아니지만 저편 테이블에 둘러앉은 여학생들도 잘 먹었다. 아영이는 개고기를 소스에 야무지게 찍어 깻잎과 부추에 야무지게 싸서 야무지게 먹었다. 지영이는 개고기를 입에 넣고 부지런히 씹으면서도 호기심 많은 눈으로 둘러앉은 사람들을 둘러보곤 했다. 그러고는 잽싸게 맥주잔을 들어 맥주 한 모금을 마시고, 다시 개고기 한 점을 집어 입안으로 넣고 부지런히 씹었다. 그녀의 옆에 앉은 수진이는 콧잔등에 땀이 나기라도 하는 듯 손등으로 쓱 콧잔등을 닦고는 개고기를 입으로 가져가곤 했다. 그러나 할머니와 함께 사는 수진이는 평소에 제대로 먹지도 못했을 텐데, 이 엄청난 음식 앞에 약간 질렸는지 좀 두서없이 먹었다. 가령 고기 한 점을 먹고, 젓가락으로 소스를 찍어 먹고, 깻잎과 부추를 돌돌 말아 또 소스에 찍어서 먹곤 했다. 그녀는 맥주에는 손도 대지 않고 때때로 냉수를 발칵발칵 들이켜곤 했다. 그렇게 물로 배를 채우면 개고기를 많이 먹지는 못할 것이었다. 유나는 흘러내리는 긴 생머리가 방해가 되는지 뒤로 모아 손수건으로 질근 묶은 채 씩씩하게 먹었다. 자신이 씩씩하게 먹어야 곁에 앉은 손님도 식욕이 생길 거라고 생각하고 있는지 모른다. 유나에 비하면 채령이는 솜씨가 없었다. 그녀는 젓가락으로 개고기 조각들을 뒤적거리다가 가장 작은 것만을 골라 조심스레 소스에 찍어 입으로 가져가곤 했다. 그녀가 그렇게 먹는 것은 개고기를 처음 먹어 보기 때문에 좀 꺼림칙한 기분이 들기 때문일 테고, 또 갑작스레 통역할 일이 생길지도 모르니 늘 대비하고 있어야 된다고 생각했기 때문일 것이다. 그러나 개고기를 먹는 동안 누구도 말을 하는 사람은 없었다.

유나와 채령이 사이에 앉은 손님은 먹는 모습도 아주 점잖았다. 그는 마치 스테이크를 먹듯이 포크로 고기 한 점을 찍어 소스에 묻힌 뒤 입으로 가져갔다. 그리고 천천히 음미하며 씹었다. 그러면서 부추나 깻잎도 포크로 찍어 입으로 가져가곤 했다.

한편, 개고기를 못 먹기 때문에 삼계탕 한 그릇씩을 받아 든 선영이와 보람이는 다른 사람에 비해 식욕이 떨어지는 것 같았다. 그녀들은 삼계탕이 너무 뜨거워서 닭고기도 국물도 함부로 먹지 못하고 있었다. 가까스로 닭 다리나 닭 가슴살을 건져 내어 앞 접시에 담기는 했지만, 그것도 뜨거워서 조금씩 떼어 소금에 찍어 먹었다.

정신없이 고기와 술을 먹고 있던 석태는 문득 고개를 들어 유나에게 말했다.

"야, 슈 아저씨한테 술 한 잔 따라 드려."

이렇게 말하는 것으로 보아 석태는 어지간히 개고기를 먹은 모양이었다. 건너편에 앉은 선영이가 손님 앞에 놓인 소주잔에 소주를 따랐다. 손님은 소주잔을 들고 마셨다.

"미스터 슈, 굿?"

그러자 손님이 대답했다.

"야, 베리 굿."

"짜식, 개고기인 줄도 모르고 잘만 먹네."

이렇게 혼잣말을 한 석태는 이어 채령이에게 말했다.

"야, 개고기가 남자들 정력에 좋다는 거 통역 좀 해 줘."

채령이는 그러나 석태의 이 말을 통역해야 할지 말아야 할지 망설이고 있었다. 그런데도 석태는 계속했다.

"이거 먹고 나면 밤에 물건이 벌떡벌떡 설 거라고 말해."

그러자 아영이가 다소 짜증 섞인 표정과 목소리로 말했다.

"아이, 아저씨, 왜 자꾸 쓸데없는 소릴 하세요."

"그러게 말이야, 학생들 앞에서."

허순까지 석태를 핀잔했다. 이렇게 되자 석태는 무안해져서 입을 다물었다. 그런데도 손님은 방금 석태가 무슨 말을 했는지 궁금한지 채령이에게 물었다. 채령이는 어떻게 설명해야 할지 모르겠는지 다소 난감해하는 표정을 짓고 있었다. 그때 유나가 부추를 가리켜 보이며 물었다.

"두 유 노우 왓 잇 이즈?"

손님은 한참 동안 부추를 바라보다가 말했다.

"아 돈 노우."

유나는 계속했다.

"인 코리아, 잇 이즈 부추."

"푸츄?"

"예스, 부추. 인 올드 데이즈……."

여기까지 말은 했지만 영어가 충분치 못한 유나는 다음 말을 어떻게 이어 가야 할지 모르고 있었다. 그런 유나에게 채령이가 물었다.

"무슨 말을 하려고 그래?"

그래서 유나는 자신이 손님에게 들려주고 싶어 하는

이야기를 채령이에게 말했다.

"옛날에는 부추를 파옥초라고도 불렀대. 집을 부수는 풀이라는 뜻이지. 왜 그런 이상한 이름이 붙여졌냐 하면, 옛날에 어떤 부인이 남편에게 이것을 먹였더니 갑자기 정력이 엄청 세진 거야. 그래서 그 부인은 집을 부수고 그 땅에다 부추를 심었대. 그때부터 부추를 파옥초라고 부른대."

듣고 난 채령이가 물었다.

"그런 이야기는 대체 어디서 들었어?"

"국어 선생님한테 들었어."

그때서야 안심이 되는지 채령이는 유나한테서 들은 이야기를 통역하기 시작했다. 채령이의 통역을 다 듣고 난 손님은 두 눈을 둥그렇게 뜬 채 다급한 동작으로 부추를 집어 입으로 가져가 우물우물 씹었다. 주변에서 귀담아듣었던 여학생들은 일제히 웃음을 터뜨렸다. 그러나 저편에 앉은 허표와 허표의 아내 그리고 허순은 제대로 듣지 못했기 때문에 학생들이 왜 갑자기 자지러지는 소리로 웃음을 터뜨리는지 이해하지 못했을 것이다. 그런데도 허표의 아내는 때때로 고개를 들어 핼끔핼끔 손님을 관찰하고 있었다.

한동안 말없이 개고기를 먹고 있던 정대가 허순에게

사이다가 먹고 싶다고 했다. 정대는 이제 개고기를 배불리 먹은 것 같았다. 그러자 정수는 "나도." 하고 말했다. 정수 또한 실컷 개고기를 먹은 것 같았다. 허순은 계순이 아줌마를 불러 사이다 한 병을 주문했고, 계순이 아줌마는 냉장고에서 사이다 한 병을 꺼내 왔다. 두 아이는 사이다를 마셨다. 사이다를 마시고 나자 두 아이는 더 이상 개고기를 먹지 못했다. 그 대신 정대는 아이스크림이 먹고 싶다고 했다. 그러자 정수는 "나도." 하고 말했다. 그런 아이들에게 허순은, 아이스크림은 나중에 사 줄 테니 개고기나 더 먹으라고 했다. 그러나 아이들은 막무가내였다.

"아이스크림 사 달란 말야!"

정대가 바락 소리치듯 말했다. 허순은 민망스러운지 손님 쪽을 힐끔 돌아보았다. 손님은 천천히 맥주를 마시면서 학생들을 상대로 무어라 대화를 나누고 있는 중이었다. 따라서 이쪽에서 무슨 일이 일어나고 있는지 전혀 모르고 있는 것 같았다. 허순은 다시 계순이 아줌마를 불러 아이스크림 한 통을 사다 줄 수 없겠느냐고 물었다. 계순이 아줌마는 돈을 주면 사다 주겠다고 했다. 그러자 허순은 다시 한 번 손님의 눈치를 살피고 난 뒤, 나중에 개고기 값과 함께 계산할 테니 한 통 사다 주면 좋겠다고 했다. 계순이 아줌마는 알았다고 하고 가까운 가게로 가 자신의 돈을 내고 아이스크림 한 통을 사 왔다. 두 아이는 허겁지겁 아이스크림을 퍼먹기 시작했다.

"아가씨는 좋겠어. 어디서 저렇게 잘생기고 돈 많은 남자를 찾아냈어?"

그때까지 말없이 개고기를 먹고 있던 허표의 아내가 맞은편에 앉은 시누이, 허순에게 속삭이듯 말했다. 그녀의 옆에 앉은 허표는 그때서야 빙그레 웃으며 허순에게 말했다.

"저 사람 결혼은 했대?"

"물어보지는 않았는데 혼자 산다는 것 같아요."

허순이 허표에게 말했다.

"하이고! 그럼 잘됐네. 어떻게 하든 붙잡아."

허표의 아내가 허순에게 속삭였다. 허순은 쑥스러운 듯 배시시 웃고 있었고, 허표는 빙그레 웃고 있었다. 아이스크림을 먹고 있던 정대는 저편에 앉은 손님을 쏘아보고 있었다. 손님은 곁에 앉은 채령이와 무어라 대화를 나누고 있었다.

"나이는 몇 살이나 됐대?"

허표의 아내가 허순에게 물었다.

"나이가 좀 어리면 어때? 요즘은 연하하고도 결혼하던

데, 뭐."

허표가 혼잣말처럼 이렇게 중얼거리고 있었다. 허순은 저만치 손님 곁에 앉아 있는 채령이를 향하여 슈 아저씨가 금년에 몇 살인지 물어보라고 했다. 그래서 채령이는 손님에게 몇 살이냐고 물었고, 손님은 "포티파이브."라고 대답했다. 그러나 채령이는 믿어지지 않는다는 표정이었다. 채령이뿐만 아니라 다른 모든 여학생들도 깜짝 놀라는 표정들이었다. 그때 지영이가 혼잣말처럼 말했다.

"포티파이브라면 한국 나이로는 마흔여섯이나 일곱이라는 거 아냐?"

이 말을 들은 석태가 말했다.

"개새끼, 개고기 처먹었다고 개구라 치고 있네. 지가 무슨 마흔일곱이야? 서른다섯밖에 안 됐겠구먼."

이렇게 말한 그는 허표를 가리켜 보이며 덧붙였다.

"마흔일곱이면 지가 우리 형님보다 아홉 살이나 많다는 거야?"

석태뿐만 아니라 좌중의 여학생들도 모두 손님의 말이 터무니없는 거짓말이라는 표정들을 하고 있었다. 이런 분위기 때문에 채령이는 다시 한 번 손님의 나이를 물었고, 눈치 없는 손님은 다시 한 번 자신의 나이를 말하고, 생년월일까지 말했다. 손님의 생년월일을 들은 지영이는 부지런히 계산을 해 본 끝에 혼잣말처럼 말했다.

"한국 나이로 마흔일곱 맞네."

지영이의 이 말에 유나는 다소 혼란에 빠진 표정으로 중얼거렸다.

"그럼 우리 아빠보다 한 살 많다는 거야?"

그때서야 허표도 손님의 나이를 들어서 알게 되었는지 약간 기죽은 눈으로 손님을 돌아보았다. 그러던 그는 혼잣말처럼 이렇게 말했다.

"마흔일곱이면 순이 니하고는 열두 살 차이네. 열두 살 차이면 어때? 우리 어매도 시집올 때 아부지하고 열두 살 차이 났다."

허표의 이 말에 허표의 아내도 말했다.

"나이가 많으면 오히려 잘됐지. 아가씨는 그 대신 애가 둘이나 딸렸잖아."

그녀의 이 말에 허표도 고개를 끄덕이고 있었고, 허표와 허표의 아내가 하는 말을 들었는지 못 들었는지 석태는 앓는 소리로 중얼거렸다.

"씹새끼, 나이 하나는 오지게 처먹었네."

손님의 나이를 알고 나자 사람들은 갑자기 식욕을 잃은 것처럼 보였다. 저편에 앉아 삼계탕을 먹고 있는 선영이와 보람이를 제외한 다른 사람들은 개고기 먹는 속도가 눈에 띄게 떨어지고 있었다. 사람들의 먹는 속도가 이 토록 떨어진 것은 그러나 손님의 나이 때문만은 아닐 것이다. 그 우람했던 고깃덩어리들이 찌꺼기만 남긴 채 사라졌을 정도로 사람들은 그사이에 먹을 만큼 먹었던 것이다.

"형님, 이 술 한잔 해 보실래요?"

석태는 허표에게 발렌타인 삼십 년산을 내보이며 말했다.

"그 비싼 술을……."

허표의 아내가 말했다. 허표는 빙그레 웃을 뿐 아무 말하지 않았다. 개고기를 배불리 먹은 허표는 기분이 좋아보였다.

"한잔 해 보세요, 오빠!"

허순도 말했다. 석태는 허표의 앞에 놓인 소주잔에 발렌타인 삼십 년산을 반 잔쯤 따랐다. 허표는 빙그레 웃음 띤 얼굴로 술잔을 들어 마셨다. 허표의 입에는 발렌타인 삼십 년산이 맛있는 것 같았다. 그래서 그랬겠지만 허표는 마시고 난 빈 술잔 속을 들여다보다가 아쉬운 표정으로 탁자 위에 내려놓았다. 그러나 석태는 술병에 마개를 단단히 막은 채 다시 곽 속에 집어넣었다. 그 대신 석태는 허표의 빈 술잔에 소주 한 잔을 가득 따라 주었다. 그러고

는 한 손에는 빈 소주잔을, 다른 손에는 소주병을 들고 손
님에게로 갔다.

"미스터 슈, 소주 한잔 해."

이렇게 말하며 빈 술잔을 손님 앞에 내밀었다. 석태가
내미는 소주잔에는 개고기 찌꺼기가 묻어 있었다. 손님은
그러나 개의치 않고 석태가 내미는 잔을 받아 들었다. 석
태는 손님이 받아 든 술잔에 술을 따르며 말했다.

"원샷이야, 원샷."

술이 올라 발그스름한 얼굴을 한 여학생들은 약간 걱
정스러운 표정들을 하고 석태의 일거일동을 바라보고 있
었다.

"원샷! 원샷!"

석태에게서 받은 술을 마시고 있는 손님에게 석태는
재촉했다. 그리하여 손님은 소주 한 잔을 한꺼번에 마셨
다. 그러자 석태는 엄지손가락을 추켜세우며 "원더풀!"
하고 소리쳤고, 학생들도 박수를 쳤다. 손님은 개선장군
이라도 된 것처럼 두 팔을 번쩍 들고 흔들어 보였다. 그
모습이 재미있는지 학생들은 까르르 웃음을 터뜨렸다.

"한잔 마셨으면 나한테도 줘야지."

석태는 그때까지도 빈 술잔을 들고 있는 손님 앞에 손
을 내밀며 말했다. 그러면서 자신이 들고 있던 소주병을

손님에게 건네주었다. 손님은 들고 있던 빈 술잔을 석태에게 건네주기는 했지만 왜 석태가 술병을 자신에게 내미는지 이해하지 못하는 듯 처음 한동안 어리둥절해하는 표정을 지었다. 그러나 다음 순간 곧 깨달은 듯 석태의 손에 들린 술병을 받아 들고 석태의 손에 들린 술잔에 술을 따라 주었다.

"굿, 굿! 슈도 이제 한국 사람 다 됐네."

채령이가 방금 석태가 한 말을 손님에게 통역했다. 듣고 난 손님은 오른손 집게손가락으로 자신의 가슴을 쿡쿡 찔러 보이며 말했다.

"한국 사람."

학생들은 일제히 까르르 웃음을 터뜨렸다. 손님 옆에 앉은 유나는 웃지 않았다. 그녀는 손님으로부터 등을 보인 채 삼계탕을 먹고 있는 선영이를 돌아보며 무어라 말하고 있었다. 아마도 맛있느냐고 묻는 것 같았다. 어쩌면 유나는 손님의 나이가 그녀의 아버지보다 한 살 많다는 사실을 알고부터 손님에게 정이 떨어져 버렸는지도 모른다. 그런 그녀를 멀리서 바라보고 있는 허도는, 비록 마흔일곱이라 할지라도 무용단원들을 만나 보기 위하여 그 멀리에서 온 저 훌륭한 손님을 쌀쌀맞게 대하는 유나의 태도는 온당치 않다고 생각했다. 조금 전까지만 하더라도 진한 고동색 레이스가 달린 치마 밑으로 드러나는 하얀 허벅지와 매끈한 두 다리를 얌전히 포갠 채 다소곳이 손님 옆에 앉아 그 가늘고 고운 손가락을 섬세하게 움직이며 개고기를 먹는 손님을 도왔던 유나가 갑자기 선영이 쪽으로 돌아앉아 선영이가 먹고 있는 삼계탕 그릇을 들여다보고 있는 것은 정말이지 올바른 태도가 아니라고 허도는 생각하고 있었다. 그리고 유나로부터 외면당하고 있다는 것도 모르고 석태가 주는 소주잔을 한꺼번에 비우고 어린아이처럼 두 손을 번쩍 쳐들고 자랑하는 손님의 모습이 갑자기 불쌍하게 보여 허도는 가슴 한구석이 알싸하게 아파 왔다.

계순이 아줌마가 계산서를 들고 들어와 허순 앞에 내밀었다. 그러자 허순은 비굴하게 웃으면서 속삭이듯 말했다.

"저분한테 갖다 주세요."

계순이 아줌마는 계산서를 미스터 슈 앞에 내밀었다.

그 순간 허도는 눈앞이 깜깜해졌다. 누나의 처신이 너무 부끄러웠기 때문이었다. 돈이 없으면 집에서 라면이라도 끓여 손님과 학생들을 대접할 일이지, 이 비싼 개고깃집에 자신의 두 아이와 석태, 일곱 명이나 되는 무용반 학생들, 그것도 모자라 그녀의 오빠와 올케, 심지어는 폐결핵을 앓고 있는 동생까지 왕창 불러와 잔뜩 개고기를 먹였다는 것이 도무지 이해할 수 없었다. 그러고는 계산서를 불쌍한 손님에게 떠넘기는 누나의 뻔뻔스러움이 너무나 창피스러워 정말이지 허도는 엉엉 소리내어 울고 싶은 심정이었다. 허도뿐만 아니라 학생들도 허순의 태도가 민망스러워 차마 손님을 쳐다볼 수 없었던지 애써 손님을 외면하고 있었다. 그러나 석태는 아무렇지 않은 얼굴로 남은 술을 마시고, 남은 개고기를 먹고 있었다.

계순이 아줌마가 계산서를 내밀자 처음에 손님은 조금 당황하는 것 같았다. 약간 굳은 표정으로 계산서를 들여다보고 있던 손님은 곧 사람 좋은 미소를 지으며 주머니에서 지갑을 꺼냈다. 손님은 지갑에서 빳빳한 오만 원짜리 지폐 여덟 장을 꺼내어 탁자 위에 펼쳐 놓았다. 손님이 돈을 꺼내어 탁자 위에 펼쳐 놓는 모습을 바라보고 있던 허표는 두어 번 고개를 끄덕이며 빙그레 웃고 있었다. 허순과 결혼을 하려면 그 정도 돈은 써야 한다고 생각하는 것 같았다.

"감사합니다."

이렇게 말한 계순이 아줌마는 탁자 위의 지폐를 거둬들이고는 거스름돈을 지불하기 위하여 주머니를 뒤졌다. 그런 계순이 아줌마에게 손님이 말했다.

"대츠 오케이, 더 레스트 이즈 포 유."

손님의 이 말을 알아듣지 못한 계순이 아줌마는 만 원짜리 석 장과 천 원짜리 몇 장을 헤아려 손님에게 내밀었다. 손님은 다시 한 번 말했다.

"대츠 오케이, 잇 이즈 유어 팁."

그때 채령이가 계순이 아줌마를 올려다보며 말했다.

"아줌마, 거스름돈은 팁이니까 그냥 가지래요."

채령이의 이 말에 계순이 아줌마는 갑자기 무슨 횡재라도 한 것처럼 환한 표정이 되어 말했다.

"고맙습니다. 고맙습니다."

이렇게 말한 계순이 아줌마는 허순을 향해 말했다.

"개고기 장사하다 이런 점잖은 손님은 또 처음 보겠네."

"외국 사람이라서 물정을 몰라요."

석태가 말했다.

"외국 사람이라고? 인물도 훤하게 참 잘생겼네."

계순이 아줌마가 손님의 얼굴을 굽어보며 말했다. 그녀의 이 말은 곧 채령이에 의해 통역되었고, 채령이의 말을 들은 손님은 계순이 아줌마를 돌아보며 "땡큐, 땡큐 베리 머치!"하고 말했다. 학생들은 까르르 웃었다.

"슈 아저씨 원빈 닮았어."

삼계탕 국물을 떠먹고 있던 선영이가 말했다.

"어! 그러고 보니 진짜 원빈 닮았네."

삼계탕 국물을 떠먹고 있던 보람이도 말했다. 그때서야 유나도 손님을 돌아보며 그 눈부시게 하얀 치아를 보일락 말락 드러내 보이며 쌩긋 웃었다.

"우리는 이제 갑시다."

그때 허표의 아내가 허표에게 말했다. 허표는 자신의 앞에 놓인 소주잔을 들어 훌쩍 마시고는 자리에서 일어났다. 허순은 그런 그들에게 좀 더 있다가 가라고 했다. 허표의 아내는, 내일 아침 일찍 고추밭에 가려면 돌아가 일찍 자야 한다고 말했다.

허표와 허표의 아내가 자리에서 일어나자 손님도 자리에서 일어났다. 두 사람에게 악수라도 해야 한다고 생각한 것 같았다. 그러나 허표는 손님에게 인사도 하지 않고 방을 나가 버렸다. 그런 허표를 보고 손님은 다소 황당해하는 표정이 되었다. 허표의 아내만이 손님에게 허리를 굽혀 보였다. 그리고 그녀는 허순에게 의미심장한 눈짓을 해 보인 뒤 방을 나갔다. 두 사람이 방을 나가 버리자 손님은 양어깨를 한번 으쓱해 보이고는 도로 자리에 앉았다.

허도는 다시 눈앞이 깜깜해졌다. 그 맛있는 개고기와 술을 배불리 얻어먹고도 고맙다는 인사 한마디 하지 않고 떠나 버린 형 허표의 태도가 너무나 민망스러웠기 때문이었다. 허도뿐만 아니라 여학생들도 민망스러웠던지 굳은 표정들로 아무 말 하지 않았다. 그리하여 방 안에는 잠시 어색한 침묵이 흘렀다. 그때 석태가 채령이에게 말했다.

"슈 아저씨한테 춤추러 가겠느냐고 물어봐."

채령이는 잠시 망설였지만 곧 통역했다. 손님은 양어깨를 한번 으쓱해 보이고는 말했다.

"와이 낫?"

석태가 채령이에게 물었다.

"뭐라 그래?"

"좋대요."

채령이의 이 말에 석태는 갑자기 신바람이 나서 양어깨를 흔들어 대며 말했다.

"좋대? 좋아. 그럼 우리 춤추러 가는 거야. 광란의 밤을 보내는 거야."

석태의 이 말에 화답한 것은 어린 정수였다.

"나도 춤추러 갈 거야."

정대도 말했다.

"나도."

허순은 아무 말 하지 않고 돌아가는 추이를 살피고 있었다. 그때 아영이가 석태에게 물었다.

"대체 어디 가서 춤을 춘다는 건가요?"

"택시 타고 대화 나가는 거지. 대화 해수욕장 가에 가면 나이트클럽 많아."

"그렇지만 이 많은 사람이 택시 한 대에 다 탈 수나 있어요?"

다시 아영이가 물었다.

"택시 두 대, 아니 세 대 부르면 되지, 뭐."

석태가 말했다. 그때 수진이가 말했다.

"저는 안 갈래요. 할머니가 기다리고 있어요."

"그래, 수진이 빠지고, 열두 명……."

"저도 빠질래요."

아영이가 말했다.

"그래 너도 빠지고? 그럼 열한 명……."

석태가 말했다. 그때 유나가 석태에게 말했다.

"나이트 가고 싶은 사람 손들어 보라고 해 보세요."

그러자 석태는 좌중을 향해 소리쳤다.

"자, 나이트 갈 사람 손들어 봐."

이 말이 떨어지기가 무섭게 정대와 정수가 "저요!", "저요!" 하고 손들 뿐 다른 사람은 아무도 손을 들지 않았다. 그걸 보며 유나가 말했다.

"그럼 세 분이 가시면 되겠네요."

유나의 이 말이 통쾌한 듯 여학생들은 까르르 웃음을

터뜨렸다. 이렇게 해서 나이트클럽에 춤추러 가는 계획은 일단 무산되었다.

이제 사람들은 개고깃집을 떠날 때가 되었다. 그런데 그때 손님은 채령이의 귓전에다 대고 무언가 진지한 표정으로 말하고 있었다. 손님의 말을 다 듣고 난 채령이는 허순을 향하여 말했다.

"호텔을 예약해야 하는데, 근처에 호텔이 어디 있는지 묻네요."

이 말을 들은 허순은 펄쩍 뛰듯이 말했다.

"우리 집에서 주무시면 되지, 호텔은 무슨 호텔? 집이 좀 협소하긴 하지만 우리가 아이들 방에 들어가서 자면 슈 아저씨가 거실 침대에 주무실 수 있어. 우리 집에서 주무시라고 해."

석태도 합세했다.

"여기까지 왔으면 우리 집에서 하룻밤 자야지 호텔에서 잔다는 게 말이나 돼? 그건 한국 사람의 예의가 아니라고 해."

그들의 말은 즉시 통역되었고, 손님은 채령이에게 다시 무어라 말했다. 채령이는 다시 허순과 석태를 향하여 손님이 한 말을 전했다.

"말씀은 고맙지만, 그리고 한국인들의 예의는 이해하

지만 자신은 남의 집에 자면 잠을 잘 수가 없어서 호텔에서 자야겠으니 양해해 달라고 하네요."

이 말을 들은 석태가 불쑥 말했다.

"지랄하고 있네. 아무 데서나 자면 되지 호텔은 무슨 호텔이야."

그러나 허순은 몹시 상심한 표정이 되어 잠시 아무 말 하지 않았다. 그러던 그녀는 금방이라도 울음을 터뜨릴 것 같은 표정과 목소리로 손님에게 직접 말했다.

"물론 슈 아저씨처럼 훌륭한 분이 저희 집처럼 누추한 데서 주무시고 싶지 않을 거라는 건 알고 있어요. 그러나 슈 아저씨는 오늘 저녁 우리를 위해 이 비싼 개고기를 사 주셨는데, 그런데도 슈 아저씨를 저희 집에서 하룻밤 재 워 보내지도 않는다면 그것은 정말 염치없는 일이 됩니 다. 그러니 아무 말씀 마시고 오늘 밤은 저희 집에서 주 무시도록 하세요. 아이들이 시끄럽게 해서 주무실 수 없 다면, 아이들을 오늘 밤 친정 오빠 집으로 보낼 수도 있 습니다."

허순이 이렇게 말하고 있을 때 허순의 큰아들 정대가 발악하듯 말했다.

"난 안 가!"

그러자 작은아들도 소리쳤다.

"나도 안 가!"

채령이는 두 아이가 한 말은 무시한 채 허순이 한 말만 통역했다. 통역을 하면서 그녀는 '개고기'라는 단어는 '양고기'라는 말로 바꾸는 것을 잊지 않았다. 채령이의 말을 듣고 있던 손님은 허허 웃었다. 그러고는 무어라 말했다. 손님이 하는 말에 귀를 기울이고 있던 채령이가 말했다.

"우선 양고기 값은 그다지 비싼 것이 아니었다고 하네요. 그러니 전혀 부담을 가질 필요가 없다고 하네요. 그리고 이렇게 많은 친구들과 함께 맛있는 양고기를 먹을 수 있어서 행복했다고 하네요."

듣고 있던 석태가 불쑥 말했다.

"양고기라니 무슨 개소리를 하는 거야?"

채령이는 그러나 석태의 이 말은 무시한 채 계속했다.

"내가 한국에 와서, 하원이라는 이 아름다운 마을에서, 하원에 사는 나의 예쁜 친구들과 맛있는 양고기를 함께 먹었던 것은 나에게 잊을 수 없는 추억이 될 거라고 하네요. 그리고 이런 소중한 추억을 만들어 준 것만으로도 허순 선생님께 마음속 깊이 감사한다고 하네요."

다시 석태가 끼어들었다.

"도대체 무슨 말을 하는 거야? 개고기 먹고 개소리 하는 거야, 뭐야?"

그러자 아영이가 소리치듯 말했다.

"아저씨, 제발 입 좀 다물어요."

채령이는 계속했다.

"나그네를 하룻밤 재워서 보내고 싶어 하는 한국인의 따뜻한 마음과 문화는 잘 알고 있습니다. 그러나 오늘 밤 혼자 생각할 것도 있고, 써야 할 글도 있습니다. 그래서 허순 선생님의 호의를 무시하고 호텔에서 자는 실례를 범할 수밖에 없습니다. 그러니 용서해 주시기 바랍니다."

허순은 채령이가 하는 말을 다 이해한 것 같지는 않았다. 그럼에도 한숨을 푹 내쉬었다. 그때 손님은 못다 한 말이 남아 있는지 다시 채령이의 귓전에다 대고 무어라 말했고, 채령이는 계속했다.

"아, 그리고 이렇게 헤어지기가 섭섭하니 아저씨가 우리를 위하여 맥주라도 한잔 대접하고 싶다고 하네요."

채령이의 이 말에 석태는 다소 안심이 되는지 고개를 끄덕였다. 그러면서도 그는 불만스러운 표정과 목소리로 말했다.

"그렇지만 이 촌구석에 호텔이 어디 있냔 말이야."

그때 아영이가 말했다.

"미르모텔이 있잖아요. 거긴 좀 조용해 보이던데……."

아영이의 이 말에 석태는 버럭 화를 내며 말했다.

"미르모텔? 미르모텔 최근에 영업정지 먹은 거 몰라? 상원고등학교 기집애 머슴애들이 떼로 몰려와 대낮에 떼씹하다가 걸려서 영업정지 먹었잖아."

그러자 학생들은 저희들끼리 수군거렸다.

"모텔첼로는 어때요?"

수진이가 말했다.

"첼로도 그렇지! 방은 꼭 콧구멍만 한데 창문도 없고, 냄새 나서 어디 잘 수 있겠어? 그러니까 내가 우리 집에서 자는 게 낫다고 하잖아, 씨팔!"

그때 문득 생각났다는 듯이 유나가 말했다.

"석촌호 가에 새로 생긴 호텔 하나 있잖아요."

유나의 이 말에는 석태도 더 이상 할 말이 없는 것 같았다. 석촌호 가에 새로 생긴 관광호텔이 있다는 것을 석태 또한 모르지 않았을 테니까 말이다. 그런데도 석태는 불만스러운 표정으로 중얼거렸다.

"석촌호까지 여기서 이십 킬로는 될 텐데, 거기까지는 어떻게 가?"

"택시 타고 가면 되지요."

유나가 말했다. 석태는 이제 더 이상 어쩔 수 없다고 판단한 듯 석촌호 가에 새로 생긴 호텔을 예약하기 위하여 핸드폰을 꺼냈다. 채령이는 지금까지 진행된 이야기를 손님에게 통역했고 손님은 만족하는 표정으로 두어 번 고개를 끄덕이고는 다시 채령이에게 무어라 말했다. 손님의 말을 듣고 난 채령이는 전화를 걸고 있는 석태에게 다급하게 말했다.

"가능하다면 가장 넓고 좋은 방을 예약해 줬으면 좋겠다고 하네요."

석태는 전화기에다 대고 방금 채령이가 한 말을 했다. 그러던 잠시 후 석태는 수화기에서 입을 떼고 채령이에게 말했다.

"스위트룸이 있긴 있는데, 괜찮겠느냐고 물어봐."

채령이는 석태가 한 말을 손님에게 했고, 채령이의 말을 들은 손님은 "베리 굿! 베리 굿!" 하고 말했다. 그리하여 석태는 석촌호 가에 새로 생긴 호텔의 스위트룸을 예약했다.

"스위트룸이 어떻게 생겼는지 한 번 봤으면 소원이 없겠네."

다소 울적한 목소리로 허순이 중얼거렸다.

"스위트룸 홈바에는 온갖 양주 샘플들이 다 있대."

석태가 말했다. 호텔 예약까지 마치고 나자 갑자기 좌중의 분위기가 좀 무거워져 있었다. 이제 손님과 헤어져야 한다고 생각하니 다들 좀 서운한 것 같았다. 이런 분위기를 되살리기 위해서 그렇게 하기라도 하듯 손님이 갑자기 소리쳤다.

"캐고기가자!"

손님의 이 밑도 끝도 없는 말에 학생들은 까르르 웃음을 터뜨렸다.

"개고기는 먹었는데 뭐 또 개고기 가?"

석태가 말했다.

"캐고기가자!"

이번에 손님은 손으로 술 마시는 흉내를 내면서 말했다. 아마도 손님은 "캐고기가자"라는 말을 뭘 '먹으러 가자.' 혹은 뭘 '마시러 가자.'라는 의미로 쓰고 있는 것 같았다. 그걸 깨달았던지 석태가 말했다.

"좋다. 개고기 가자."

이렇게 해서 사람들은 이제 개고깃집을 떠나기 위해 자리에서 일어났다.

3

개고깃집에서 나오자 저녁 바람이 상쾌했다. 허도는, 지금이야말로 사람들과 헤어져 집으로 돌아갈 수 있게 되었다고 생각했다. 그러나 떠나기 전에 손님에게 고맙다는 인사라도 하고 가는 것이 도리라고 생각했다. 허순과 석태 그리고 학생들은 서울에서 이미 한 차례 손님과 만난 바 있기 때문에 서로 아는 사이라고 할 수 있고, 아는 사이에는 그럴 수도 있는 일이라 치더라도, 허도 자신에게 손님은 생면부지의 사람인데, 그런 사람에게 그 비싼 개고기를 배불리 대접받고 인사도 없이 슬그머니 가 버린다는 것은 온당한 처사가 아니라고 생각했기 때문이었다. 그래서 인사는 해야겠는데, 사람들이 손님을 둘러싸고 맥주 한잔 더 하러 가는 문제를 두고 심각한 토론을 벌이고 있었기 때문에 허도는 인사할 기회를 통 잡을 수가 없었다.

문제의 발단을 제공한 것은 선영이였다. 그녀에 따르면, 미성년자는 맥주집에 들어갈 수도 없고, 설사 들어간다고 해도 단속에 걸리면 큰일 난다는 것이었다. 그녀의 이 말은 채령이에 의해 곧 통역되었고, 그때서야 학생들이 미성년자라는 사실을 깨달았던지 손님은 선영이의 머리를 쓰다듬으며 말했다.

"오, 유 어 언더 에이지? 오, 마이 푸어 베이비!"

유나는 선영이가 못마땅하다는 듯이 말했다.

"기집애, 그러면서 아까는 왜 소주 마셨어? 계순이 아줌마네 집에서 소주 마시는 건 괜찮은 거야?"

"계순이 아줌마네 집은 치외법권 지역이야, 언니. 개고깃집이잖아."

지영이가 유나에게 말했다.

"당근이지. 개고깃집은 개 같은 사람만 가는 데니까."

개고기 대신 삼계탕을 먹었던 보람이가 개고기를 먹은 지영이를 놀리듯이 말했다. 그때 허순이 끼어들었다.

"얘들아, 그럼 이렇게 하자. 맥주를 사 가지고 석촌호가에 가서 마시자. 어차피 슈 아저씨는 석촌호텔에서 주무셔야 하니까, 아저씨도 바래다 드릴 겸."

허순의 이 말에 학생들은 일제히 "좋아요!" 하고 소리쳤다. 학생들이 이렇게 소리치자 영문도 모르는 손님이 소리쳤다.

"캐고기가자."

학생들은 와르르 웃음을 터뜨렸다. 그러나 선영이는 다시 문제를 제기했다.

"그렇지만 석촌호까지는 어떻게 가요? 이 많은 사람이 택시를 탈 수도 없고."

듣고 있던 석태가 말했다.

"야, 걱정하지 마. 봉고차 한 대 부르면 되잖아."

이렇게 말한 석태는 핸드폰을 꺼내 들었다. 사람들의 이런 토론에서 한발 비켜서 있는 손님은 그때 하늘을 올려다보고 있었다. 그러고 보니 하늘에는 커다란 보름달이 떠 있었다.

"어머! 보름달이야!"

손님이 보고 있는 보름달을 발견한 아영이가 말했다. 다른 여학생들도 모두 보름달을 쳐다보고 있었다. 배불리 개고기를 먹고 상쾌한 저녁 바람을 쐬며 달을 쳐다보고 있는 학생들은 모두 행복해 보였다. 그때 손님이 달을 향하여 소리쳤다.

"캐고기가자."

그때, 지나가던 교복 차림의 남자 고등학생 대여섯 명이 손님이 하는 말을 엿들었는지, 그중 한 명이 소리쳤다.

"캐고기 까자."

그러자 다른 남학생 하나가 받아 소리쳤다.

"개보지 까자."

이 말을 들은 유나가 성난 목소리로 갑자기 소리쳤다.

"상태 너 이 새끼, 이리 와!"

유나의 이 말에 놀란 남학생들은 겁먹은 표정들로 힐끔 뒤를 돌아보았다. 그러고는 하얗게 질린 얼굴들로 누가 먼저랄 것도 없이 달아나기 시작했다. 도망가고 있는 남학생들의 뒷모습이 재미있는지 손님은 허허 소리 내어 웃었다. 그리고 채령이에게, 저 "보이"들이 왜 유나를 무서워하느냐고 물었다. 채령은, 저 "보이"들 중 한 사람인 상태가 유나의 남동생이라고 했다. 손님은 알 만하다는 듯이 고개를 끄덕였다.

사람들이 이런 대화를 나누고 있는 동안에도 석태는 전화를 하는 데 열중하고 있었다. 봉고차 한 대 부르는 것 치고는 통화가 긴 편이었다. 다소 긴 통화를 마친 석태가 채령이에게로 가서 말했다.

"봉고차 불렀어. 그런데 석촌호까지 갔다가 되돌아오

는 비용까지 포함해서 이십만 원 달래."

채령이는 터무니없이 비싼 가격에 놀라는 표정이었다. 곁에 있던 유나가 말했다.

"뭐가 그렇게 비싸요, 택시를 타도 만 원이면 되는데?"

석태가 말했다.

"택시를 타면 세 대는 불러야 돼. 그리고 돌아올 때는 또 어떻게 해? 돌아올 때는 걸어서 올 거야?"

그때 수진이가 말했다.

"저는 빠질게요. 할머니가 기다리고 있어요."

"수진이가 빠져도 열두 명이야. 택시 세 대는 불러야 할 거 아니야."

이 틈을 놓치지 않고 허도는 석태에게 자신도 빠지겠다고 말했다.

"그래도 그렇지. 어차피 택시는 세 대 불러야 돼. 그리고 돌아올 때는 어떻게 할 거야? 택시가 못 오겠다고 하면 어떻게 할 거야?"

듣고 있던 유나가 뾰로통한 표정과 목소리로 말했다.

"그렇지만 이십만 원이라는 게 말이나 돼요? 그 돈이면 서울까지 택시 타고 가겠어요."

유나의 이 말에는 석태도 말문이 막히는 것 같았다. 잠시 머뭇거리던 그는 말했다.

"좋아. 봉고차 오면 내가 한번 디스카운트 해 볼게."

사람들이 이런 대화를 나누는 동안에도 손님은 하늘에 뜬 보름달을 올려다보고 있었다. 그런 그에게로 다가가 채령이는 지금까지 논의된 것에 대하여 설명하기 시작했다. 채령이의 설명을 들으면서 손님도 처음에는 좀 비싸다고 생각하는 것 같았다. 그러나 그는 곧 "오케이! 오케이!" 하고 말했고, 설명을 마친 채령이는 끝으로, 디스카운트를 한다고는 하지만 이십만 원이라는 금액이 너무 비싸다고 생각하지 않느냐고 물었다. 그러자 손님이 손을 내저으며 말했다.

"노 프로블럼! 노 프로블럼!"

그런 그의 모습을 바라보고 있던 아영이가 혼잣말처럼 중얼거렸다.

"아저씨 너무 불쌍해!"

허도 역시 아영이와 같은 마음이었다. 열 근의 개고기와 두 그릇의 삼계탕과 다섯 병의 소주와 열 병의 맥주와 사이다 한 병과 아이스크림 값에다 팁까지 도합 사십만 원을 혼자 지불하고, 얼마간 에누리를 한다고는 해도, 봉고차 비용으로 또 이십만 원을 혼자 지불해야 하는 손님이 허도에게는 정말이지 집을 잃고 낯선 거리를 혼자 헤매는 아이처럼 느껴졌던 것이다. 그렇게 할 수만 있다면 정말이지 내일 아침 고욤나무 밑에서 캐낸 지렁이 중에서도 가장 굵고 실한 놈들을 골라 길을 잃고 헤매는 이 손님에게 나누어 주고 싶은 심정이었다. 물론 모자를 쓴 저 훌륭한 손님이 자신 같은 폐결핵 환자가 주는 지렁이를 받아먹을 리는 없겠지만 말이다.

봉고차가 왔다. 그때 수진이가 손님 앞으로 나아가 꾸벅 고개를 숙여 인사했다. 그녀는 이제 손님과 작별하려는 것이었다. 손님은 약간 어리둥절해하는 표정으로 "와이?" 하고 물었다. 수진이는 더듬거리며 말했다.

"아이 머스트 고 홈."

손님은 다시 "와이?" 하고 물었고, 채령이가 수진이를 대신하여, 수진이는 할머니와 단둘이 살고 있고, 할머니가 집에서 수진이를 기다리고 있기 때문에 집으로 돌아가야 한다고 말해 주었다. 손님은 몹시 서운해하는 표정으로 수진이를 바라보고 있었고, 수진이는 채령이에게 통역을 부탁했다.

"오늘 저녁 식사 정말 맛있게 먹었고, 고맙다고 말해 줘, 언니. 그리고 안녕히 가시라고."

손님은 정말 수진이를 보내기가 서운하다는 표정으로 두 팔을 벌렸고, 수진이는 그런 손님의 품에 얼굴을 묻었다. 손님은 수진이를 껴안은 채 등을 토닥이고 있었다.

허도는 지금이야말로 자신도 손님에게 인사하고 떠날 때라고 판단하고 우선 허순에게 말했다.

"나도 이제 갈게."

"그래? 그럼 가."

"손님께 인사드리고."

"뭐, 그냥 가."

허순의 이 말이 허도에게 좀 서운하게 들렸다. 물론 수진이와 손님의 작별의 포옹이 좀 길어지고는 있었지만, 그렇다고 해서 인사도 하지 않고 그냥 가라니, 그것은 허순이 허도를 손님 앞에 내세우는 것을 부끄러워하고 있다는 뜻으로 들렸던 것이다. 물론 허순의 심정을 허도는 이해하고도 남음이 있었다. 오랜 폐결핵으로 이제는 아무 일도 할 수 없게 된 동생을 저 멋진 외국인 손님 앞에 인사시키는 것이 부끄러울 수도 있는 일이었으니까 말이다. 그렇다고, 손님이 값을 치른 그 맛있는 개고기를 배불리 먹인 뒤 인사도 시키지 않고 슬그머니 그냥 보낸다는 것은 이해할 수 없는 일이라고 생각했다.

이윽고 수진이는 손님에게서 떨어져 손을 흔들며 떠났다. 손님은 그 자리에 서서 한참 동안 수진이에게 손을 흔들고 있었다. 이때를 놓치지 않고 허도는 손님 앞으로 나아가 수진이가 했던 것처럼 꾸벅 고개를 숙여 인사했다.

그러자 손님은 의아해하는 눈으로 허도를 바라보면서 말했다.

"노! 유 올소 유 완 투 리브 미?"

그때 허순이 말했다.

"얘도 이제 그만 집에 돌아가겠대요."

허도는 더없이 간절한 표정과 목소리로 채령이에게 부탁했다.

"오늘 저녁 잘 먹었다고, 고맙다고 말씀 좀 드려 줘."

그러나 손님은 채령이가 미처 허도의 말을 전하기도 전에 무어라 채령이에게 말했다. 듣고 있던 채령이는 이해할 수 없다는 표정을 짓고 있다가 허도에게 말했다.

"이분은 지금 허도 아저씨가 오늘 밤 끝까지 자리를 함께해 주기를 바란다고 하네요. 그러니 특별한 일이 없으면 함께 가자고 간곡히 부탁드린다고 하네요."

채령이의 이 말을 들은 허순도, 허도도 이해할 수 없다는 표정이었다. 그때 손님은 허도의 손을 잡아끌듯이 하면서 봉고차로 향했다. 그리하여 허도는 어쩔 수 없이 봉고차에 올라탔다.

차 안의 사람들은 소풍을 떠나기라도 하는 것처럼 들떠 있었다. 그러나 뒷자리에 웅크리고 앉은 허도는 의문에 사로잡혀 있었다. 저 훌륭한 손님이 왜 자신 같은 사람을 굳이 데려가려 하는지 이해할 수 없었기 때문이었다. 물론 예의상 해 본 말일 수도 있다고 허도는 생각했다. 그러나 단순히 예의상 해 본 말 같지는 않았다. 왜냐하면 그는 허도 자신의 손을 잡아끌다시피 하여 봉고차에 올랐기 때문이었다. 그 이유야 어찌 되었건 허도는 자신과 같은 사람에 대해서도 차별하지 않고 대해 주는 손님의 그 따뜻한 마음에 감동이 밀려왔다. 그러면서 다른 한편으로는 슬펐다. 저 손님을 위하여 보답할 것이 있다면 좋겠지만, 자신에게는 고욤나무 밑의 지렁이 외에 아무것도 가진 것이 없었기 때문이었다.

봉고차는 다리를 건너 마을을 벗어나고 있었다. 그때 허순이 앞자리에 앉은 채령이에게 말했다.

"저기 마트 앞에서 차 좀 세워 달라고 해. 마실 거 좀 사 가지고 가야잖아."

봉고차는 마트 앞 주차장에 섰고, 사람들은 우르르 차에서 내렸다. 물론 허도는 굳이 차에서 내릴 필요가 없었다. 살 것도 없었고, 살 돈도 없었기 때문이었다. 그런데도 허도는 차에서 내려 사람들의 뒤를 따라 마트 안으로 들어갔다. 왜냐하면 허도는 아무래도 걱정이 되었기 때문이었다.

허순은 학생 한 사람을 시켜 짐수레를 끌고 오라고 했

다. 그리고 먹고 싶은 것을 마음껏 담으라고 했다. 학생들은 캔 맥주 스무 통, 1리터짜리 콜라 한 병, 1리터짜리 오렌지 주스 한 병, 오징어포, 육포, 마른안주를 짐수레에 담았다. 그리고 비스킷 세 통과 아이스크림 두 통도 짐수레에 담았다. 그리고 사과와 귤과 바나나도 담았다. 학생들은 이렇게 많이 사는 것이 아무래도 눈치가 보이는지 미스터 슈 쪽을 힐끔힐끔 돌아보기도 했다. 이제 학생들은 이 물건 값도 어차피 슈가 지불하게 되리라는 것을 알고 있는 것 같았다.

저편에 있는 슈는 그러나 학생들이 무엇을 고르는가에 대해서는 전혀 관심이 없는 것 같았다. 한국의 시골 마트에는 어떤 물건들이 있는가 하는 것이 궁금한 듯 그는 마트 안 여기저기를 둘러보고 있을 뿐이었다. 그러나 마트 안의 물건들 중 어느 것 하나 특별히 그의 관심을 끄는 것은 없는 것 같았다.

석태의 관심은 술이었다. 그는 고급술 코너에 가서 포도주 두 병과 시바스리갈 한 병을 집어 와 학생들이 끄는 짐수레에 담았다. 던힐 한 보루를 짐수레에 던져 넣었다.

한편 허순은 장바구니 하나를 따로 들고 장을 보기 시작했다. 그녀는 샴푸와 린스, 세제, 소고기 두 근, 양파 한 망, 파, 냉동 명태 따위를 장바구니 가득 담았다. 그리고 화장품 코너에서는 로션 하나도 집어넣었다. 이런 물건들을 장바구니에 담으면서 허순은 때때로 비굴한 미소를 지으며 슈 쪽을 돌아보곤 했다. 슈는 무관심한 표정으로 마트 안을 둘러보고 있을 뿐이었다.

그녀가 이렇게 장을 보고 있는 동안 그녀의 두 아들은 장난감 코너로 달려갔다. 장난감 코너에서 허순의 큰아들 정대는 커다란 기관단총 하나를 집어 들었고, 작은아들 정수는 로봇이 든 커다란 장난감 상자 하나를 집어 들었다. 그들은 자신들이 고른 것을 들고 자랑스럽게 허순에게로 달려갔다. 허순은 슈 쪽을 돌아보았다. 슈는 무표정한 얼굴로 이쪽을 바라보고 있었다. 그러자 허순은 아이들의 손에서 장난감을 빼앗아 제자리에 갖다 놓았다. 아이들은 그러나 떼를 쓰고 있었다. 허순은 다시 한 번 슈 쪽을 돌아보았다. 슈는 이제 다른 쪽을 바라보고 있었다. 그러자 허순은 아이들에게 장난감을 집으라고 했다. 아이들은 신바람이 나서 자신들이 골랐던 장난감을 집어 들었다.

계산대 쪽에는 학생들이 짐수레에 실린 물건들을 계산대 위에 내려놓고 있었다. 그러면서 한편으로는 허순과 그녀의 두 아이를 기다리고 있었다. 학생 중 하나가 허순을 향하여 빨리 오라고 손짓을 했고, 그때서야 허순은 자신이 따로 본 장바구니를 들고 허둥지둥 달려왔다. 그녀의 뒤에는 각기 기관단총과 로봇이 든 장난감 상자를 든 두 아이가 싱글벙글 웃으며 오고 있었다.

학생들과 석태가 고른 술과 안주들이 차례로 계산대로 밀려 나가는 동안 허순은 슈를 올려다보며 비굴한 표정으로 웃으며 말했다.

"얘들이 이걸 갖고 싶다고 해서……."

이렇게 말한 그녀는 아이들이 들고 온 장난감을 받아 슬그머니 계산대 위에 올려놓았다. 슈는 "오케이!" 하고 말했다. 그러자 허순은 자신이 따로 본 장바구니를 계산대 위에 걸치며 애원하는 표정으로 말했다.

"이것도 함께 계산해도 되겠습니까?"

그녀의 이 말은 채령이에 의해 통역되었다. 이런 말을 통역하는 채령이도 괴로운 듯 말을 우물거리고 있었다. 슈는 "오케이!" 하고 말했다. 그리고 잠시 후 덧붙였다.

"유 룩 라이크 마이 마더."

이렇게 말하는 손님의 얼굴에는 잠시 슬픔이 스쳐 갔다. 그러나 그의 말을 알아들을 리 없는 허순은 쌩긋 웃으면서 다급한 손길로 장바구니에 든 물건들을 계산대 위에 올려놓기 시작했다.

허도는 눈앞이 캄캄했다. 누나가 자신의 제자들 앞에

서, 그리고 저 훌륭한 손님 앞에서 얼마나 부끄러운 짓을 하고 있는지도 모르고 있다고 판단했기 때문이었다. 생각 같아서는 누나가 계산대 위에 올려놓는 물건들을 모두 빼앗아 도로 제자리에 갖다 놓고 싶은 심정이었다. 그러나 뼈만 앙상하게 남은 허도의 두 팔과 다리에는 그럴 만한 힘도 없었다.

손님은 물건 값을 치렀고, 허순과 학생들은 저마다 물건이 든 비닐봉지들을 들고 봉고차로 향했다. 정대는 기관단총을 들고, 정수는 로봇이 든 커다란 장난감 상자를 들었다. 손에 아무것도 들지 않은 석태는 담배를 피우고 있었다.

사람들을 태운 봉고차는 다시 출발했다. 그런데 그때 정대가 말했다.

"엄마, 나 피자 먹고 싶어."

그러자 정수가 말했다.

"나는 통닭."

듣고 있기가 민망했던지 학생들은 못 들은 척했다. 허순은 비굴한 표정으로 웃을 뿐 아무 말 하지 않았다. 그때 정대가 빽 소리쳤다.

"피자 먹고 싶단 말야!"

그러자 정수도 소리쳤다.

"통닭 먹고 싶단 말야!"

이렇게 되자 봉고차 운전사는 석태를 돌아보며 물었다.

"차를 돌릴까?"

"돌려."

석태가 말했다. 운전사는 차를 돌려 다시 마을 쪽으로 가기 시작했고, 차가 마을 쪽으로 되돌아가는 것을 깨달은 손님은 채령이에게 물었다. 채령이는 이 상황을 어떻게 설명해야 할지 모르겠는지 잠시 머뭇거린 끝에 설명했다. 석촌호 가에 가서 늦도록 맥주를 마시다 보면 배가 고파질 수도 있을 것 같아서 피자와 통닭을 사기 위해 돌아가는 거라고 했다. 듣고 난 손님은 "굿 아이디어!" 하고 말했다.

봉고차는 계순이 아줌마네 개고깃집에서 그다지 멀리 떨어지지 않은 피자집 앞에 멈추었다. 그리고 사람들은 다시 우르르 차에서 내렸다. 그러나 허순은 손님 볼 낯이 없는지 차에서 내리지 않았다.

사람들은 피자집으로 들어가 커다란 피자 두 판을 주문했고, 피자집에서 불과 이십 미터 떨어져 있는 통닭집에 가서는 양념 통닭 한 마리와 후라이드 통닭 한 마리를 주문했다. 물론 슈는 그들을 따라다니며 피자 값과 통닭 값을 지불했다.

피자와 통닭은 즉시 되는 것이 아니라 이십 분가량 기다려야 했다. 그래서 슈는 가게 앞 길거리로 나와 혼자 서성이고 있었다. 그때 채령이가 슈에게로 와, 너무 많은 돈을 쓰게 해서 미안하다고 말했다. 그러자 슈는 "노! 노!" 하고 말하고, 슈 자신에게 부담이 될 만큼 큰돈을 쓴 것은 전혀 아니라고 했다. 채령이는 다소 안심이 되는 표정이었다.

그때 아영이가 쪼르르 달려가 다짜고짜 슈의 팔짱을 꼈다. 그리고 슈의 어깨에 머리를 기댔다.

"어머! 어머! 기집애! 남들이 보면 어쩌려고?"

가게 안에 있던 유나와 지영이가 밖으로 나오며 아영이에게 말했다. 그러나 아영이는 여전히 슈의 팔짱을 낀 채 말했다.

"보면 어때? 난 아저씨 사랑하는걸."

"어머! 이 기집애, 미쳤나 봐!"

이렇게 말하고 난 지영이는 슈를 올려다보며 말했다.

"쉬 세드 댓 쉬 러브즈 유."

그러자 손님은 환하게 웃는 얼굴로 말했다.

"오! 땡큐, 아영! 아이 올소 아이 러브 유."

그리고 아영이의 어깨를 감싸 안았다.

"어머! 어머! 이러다 진짜 둘이 사귀겠어."

지영이가 말했다. 그런 지영이를 향해 아영이가 쏘아붙이듯 말했다.

"지영이 언니, 지금 질투하는 거지?"

이렇게 말하는 아영이의 모습이 귀여운지 세 사람의 선배 여학생들은 까르르 웃음을 터뜨렸다.

피자와 통닭을 받아 든 사람들은 다시 봉고차에 올랐고, 운전사는 다시 차를 출발시켰다. 운전사는 라디오를 틀었고, 라디오에서는 때마침 소녀시대의 「훗」이 흘러나오고 있었다. 여학생들은 율동까지 하면서 따라 부르기 시작했다. 그녀들의 그런 모습이 재미있는지 손님은 상체를 뒤로 돌린 채 그녀들을 돌아보고 있었다. 학생들은 일제히 "슛슛슛" 하고 노래하면서 슈를 향하여 활을 쏘아대는 시늉을 했다. 슈는 활을 맞고 쓰러지는 동작을 해 보였고, 학생들은 까르르 웃음을 터뜨렸다.

일행이 석촌호 가에 당도했을 때 하늘에는 휘영청 밝은 달이 떠 있었고 밤은 깊어 가고 있었다. 밤이 깊어 가고 있어서 그렇겠지만 주위에는 사람 하나 없이 고요했다. 호수 저 건너편에는 오늘 밤 손님이 묵을 호텔만이 환하게 불을 밝힌 채 서 있을 뿐이었다.

허순은 채령이에게, 여기서 술을 마시는 게 좋을지, 아니면 슈의 호텔 방에 가서 마시는 게 좋을지 물어보라고 했다. 슈는 잠시 생각하다가 여기서 마시는 게 좋지 않겠느냐고 했다. 그래서 사람들은 술과 안주, 피자와 통닭 따위가 든 비닐봉지들을 차에서 내려 물가에 펼쳐져 있는 잔디밭으로 가져갔다. 봉고차 운전사는 차에 싣고 다니던 야외용 돗자리를 꺼내어 학생들에게 빌려 주었다.

허도는 봉고차 운전사와 함께 차에서 기다리기로 했다. 비록 여기까지 따라오기는 했지만 자신이 낄 자리는 아니라고 판단했기 때문이었다.

"도야, 자네도 가서 한잔 얻어먹지 왜 여기에 있어?"

운전사가 허도에게 말했다. 허도는 아무 말 하지 않았다.

"저 양반, 외국 사람인 것 같던데, 어느 나라에서 왔대?"

운전사는 운전석 등받이를 뒤로 젖히고 길게 누워 담배를 피우며 말했다. 허도는 아무 말 하지 않았다. 그리하여 봉고차 안에는 긴 침묵이 흘렀다. 들리는 소리라고는 봉고차 운전사가 담배를 빨고, 담배연기를 내뱉는 소리뿐이었다. 담배 한 대를 다 태우고 꽁초를 창밖으로 던진 뒤 운전사는 혼잣말처럼 중얼거렸다.

"석태 저 자식도 난 놈이야. 어디 가서 저런 눈뜬장님 같은 외국 사람도 데리고 오고. 그 덕분에 나는 자다가 떡

생겼네. 십만 원 벌었지?"

허도는 아무 말 하지 않았다. 그때 아영이가 봉고차 쪽으로 달려오고 있었다. 그녀는 봉고차 문을 열고 차 안을 들여다보며 말했다.

"허도 아저씨, 여기 계세요? 이리 오세요. 이리 오셔서 뭐 좀 드세요."

봉고차 뒤편 어둠 속에 혼자 웅크리고 앉은 허도는 그러나 아무 대답이 없었다. 운전석에 길게 누워 있던 봉고차 운전사가 허공에 대고 말했다.

"가 봐. 맛있는 것도 많은 것 같던데."

그러나 허도 쪽에서는 아무런 대답이 없었다. 어쩌면 허도가 어둠 속에 앉아 죽었을지도 모른다는 생각을 했던지 아영이는 겁먹은 목소리로 말했다.

"슈 아저씨가 허도 아저씨 데려오라고 했단 말예요."

그때서야 어둠 속에서 허도의 목소리가 꺼져 가는 소리로 말했다.

"난 안 가."

아영이는 갑자기 무서운 생각이 들었던지 물가에 모여 앉은 사람들을 향해 달려갔다. 그리고 잠시 후에는 지영이가 이쪽으로 오고 있었다. 봉고차로 다가온 지영이는 차 안을 들여다보며 그녀 특유의 또랑또랑한 목소리로 소리쳤다.

"허도 아저씨, 빨리 나오세요. 아저씨가 자꾸 그렇게 고집을 피우시면 슈 아저씨가 직접 오실 거예요. 아저씨가 뭐가 그렇게 잘났다고 고집을 피워 사람들을 피곤하게 하세요."

듣고 있던 봉고차 운전사가 허허허 웃으며 말했다.

"허도, 가 봐야겠네. 안 가고 버텼다가는 저 아가씨 칼들고 오겠네."

허도도 더 이상 어쩔 수 없다고 판단했던지 뭉그적뭉그적 자리에서 일어났다.

지영이를 따라가 보니 잔디밭 위에 둘러앉아 손님과 학생들이 캔 맥주를 마시고 있었다. 석태는 시바스리갈을 마시고 있었고, 허순의 두 아이는 커다란 피자 한 판을 꿰차고 앉아 피자를 먹고 있었다. 허순은 망연자실한 표정으로 두 아이를 굽어보고 있었다.

"두 유 워너 비어?"

허도가 다가가자 손님은 캔 맥주 하나를 내밀며 말했다. 허도는 고개를 좌우로 내저었다.

"그럼 콜라라도 한 잔 드세요."

지영이가 말했다. 그녀는 종이컵에 따른 콜라 한 잔을 허도의 손에 쥐어 주었다. 허도는 콜라 한 잔을 받아 들고 멀찌감치 떨어진 곳으로 가 앉았다. 구월 초순이기는 하지만 때때로 가을바람이 불어오고 있어서 늦게까지 술을 마시기에는 아무래도 좀 추울 것 같았다.

"아! 좋다."

아영이는 슈의 팔짱을 끼고 앉아 이렇게 말했다.

"저게 은하수지?"

선영이가 하늘을 올려다보며 물었다. 그녀의 이 말에는 대답하지 않고 보람이는 "푸른 하늘 은하수" 하고 노래를 부르기 시작했다. 다른 학생들도 따라 부르기 시작했다. 손님은 흐뭇한 표정으로 학생들의 노래를 듣고 있었다. 합창이 끝나자 보람이는 「애모」를 부르기 시작했다. 목소리가 청아한 보람이의 노랫소리는 감미로웠다. 손님은 눈을 감은 채 보람이의 노래에 귀를 기울이고 있었다. 보람이의 「애모」가 끝나자 아영이는 「좋은 사람」을 불렀고, 아영이의 좋은 사람이 끝나자 채령이가 「소녀」를 불렀고, 채령이의 「소녀」가 끝나자 선영이가 「별이 진다네」를 불렀다. 분위기에 도취되었던지 유나는 사람들로부터 약간 떨어진 곳에 혼자 앉아 달빛이 부서지는 호수를 바라보고 있었다. 그녀의 긴 생머리는 불어오는 가을바람에 나부끼고 있었다.

"언니, 뭐해? 언니 차례란 말야!"

아영이가 유나를 향하여 소리쳤다. 그때서야 유나는 자신의 자리로 돌아와 「밤은 깊어 가고」를 불렀다.

이렇게 한 차례씩 노래를 부른 학생들은 이제 허순의 차례라고 했다. 그러나 허순은 망설이고 있었다. 그런 허순을 향하여 학생들은 일제히 "선! 생! 님! 선! 생! 님!"을 외쳤고, 손님까지 나서서 "송! 상! 니! 송! 상! 니!" 하고 외쳤다. 그때서야 허순은 「산장의 여인」을 불렀다. 허순의 노래는 애절했다. 특히 "병들어 쓰라린 가슴을 부여안고"라는 소절을 부를 때는 너무나 애절하여 소름이 돋았다고 선영이는 평했다. 허순의 노래가 인상적이었던지 손님은 채령이의 귓전에다 대고, 허순이 방금 부른 노래가 프랑스 샹송이냐고 물었다. 채령이는 아니라고 말했다.

허순의 「산장의 여인」이 끝나자 허순의 작은아들 정수가 말했다.

"나도 노래할래."

정수의 이 말에 학생들은 일제히 박수를 쳤고, 정수는 「앗싸! 호랑나비!」를 춤과 함께 불렀다. 그러나 정수는 가사를 잊어버려서 처음의 그 호기와는 달리 불과 몇 소절밖에 부르지 못했다. 여학생들은 정대에게도 노래를 부르라고 했지만 기관단총에 매료된 정대는 끝내 노래를 부르지 않았다. 그리고 술이 취한 석태는 「아파트」를 불렀다.

마지막으로 학생들은 손님에게도 노래를 부르라고 했다. 손님은 「오! 대니 보이」를 불렀다.

"슈 아저씨 너무 멋있어!"

손님이 노래를 부르는 동안 아영이가 말했다. 그런 그녀의 귓전에다 대고 지영이가 말했다.

"야이, 기집애야, 정신 좀 차려! 슈 아저씨 눈에 너 같은 꼬맹이가 사람으로나 보이겠니?"

지영이의 이 말에 아영이는 "치!" 하고 말했다.

한 차례 노래를 부르고 나자 좌중에는 갑자기 정적이 감돌았다. 들리는 소리라고는 이제 작게 찰싹거리는 물소리뿐이었다. 갑자기 찾아든 정적을 깨기 위해서 그렇게 하기라도 하는 듯 유나가 손님에게 불쑥 물었다.

"두 유 완 투 스윔?"

그러자 손님은 잠시 생각한 끝에 말했다.

"이프 유 완 투."

그러자 유나도 잠시 생각한 끝에 다소 도발적인 눈으로 손님을 올려다보며 말했다.

"이프 유 완, 아이 완 투."

그러자 손님은 벌떡 자리에서 일어나며 말했다.

"오케이! 아이 완 투 스윔."

그리고 그는 웃통을 훌렁 벗어 버리고 바지까지 벗기

시작했다.

"어! 어! 뭐하는 거야?"

석태가 놀란 눈으로 손님을 올려다보며 소리쳤다.

"수영한대요."

지영이가 말했다. 지영이의 이 말에 석태는 약간 기가
죽은 표정이 되었다. 구월 초순이라고는 하지만 수영을
하기에는 소태산에서부터 흘러온 석촌호의 물이 너무 차
가울 거라고 석태는 생각했을 것이다.

"어머! 나 어떻게 해? 나 어떻게 해?"

손님이 옷을 벗어 버리자 가장 당황한 것은 유나였다.

"그렇지만 이미 약속했잖아. 아저씨가 수영하면 너도
하겠다고."

채령이가 유나를 나무라듯이 말했다.

"맞아. 여기 증인도 있어."

지영이가 말했다.

"그렇지만 수영복도 안 입었단 말야."

유나는 울상이 되어 말했다.

"이 밤중에 누가 보겠어?"

보람이가 말했다.

"그렇지만 이렇게 달빛이 환한데?"

유나가 말했다.

"누가 보면 더 좋지, 뭘 그래? 언니의 몸매가 얼마나 예쁜지 알기나 해?"

선영이가 말했다. 그때 문득 생각났다는 듯이 아영이가 말했다.

"언니 혹시 언니의 예쁜 몸매를 슈 아저씨한테 보여 드리고 싶어서 수영하자고 한 건 아니겠지?"

아영이의 이 말에 지영이가 능청스레 말했다.

"맞아."

"시끄러! 이 기집애야!"

유나는 안절부절못하는 표정으로 말했다.

학생들이 이렇게 떠들어 대고 있는 동안 팬티 바람에 중절모를 쓴 손님은 벗어 놓은 윗도리와 바지를 차곡차곡 갰다. 그러고는 그것들을 들고 저만치 혼자 앉아 있는 허도에게로 다가가 무어라 말했다. 허도는 당황하여 어찌해야 할지를 몰라 하고 있었다. 그래서 채령이가 달려갔다.

"아저씨가 옷을 좀 맡아 달래요."

그때서야 허도는 손님의 옷과 구두를 두 팔로 감싸 안으며 고개를 끄덕였다. 마지막으로 손님은 쓰고 있던 중절모마저 벗어 허도에게 맡겼다. 허도는 황급히 손님의 중절모도 끌어안았다. 그런 그에게 손님은 무어라 덧붙여 말했고, 채령이는 손님이 한 말을 허도에게 통역했다.

"주머니에 여권이 들었으니 잘 지켜야 한대요."

손님의 옷과 구두와 중절모를 끌어안은 허도는 다시 한 번 고개를 끄덕였다. 손님은 달빛이 부서지는 호수 속으로 뛰어들었다.

물속으로 뛰어든 손님은 물속 깊은 곳으로 잠수하는 듯 잠시 사라졌다. 그가 사라진 수면 위에는 둥근 물결만 퍼져 가고 있었다. 그러던 잠시 후 "푸우!" 하는 소리와 함께 손님은 수면 위로 나타났다.

"오, 나이스! 유나! 컴 인! 컴 인!"

수면 위로 모습을 나타낸 손님은 이쪽을 향하여 소리쳤다. 그런 그를 향하여 허순의 큰 아들 정대는 "두두두두" 기관단총을 쏘아 대고 있었다.

"판타스틱!"

손님은 즐거운 목소리로 이렇게 소리치고는 약 백 미터 저편에 떠 있는 조그마한 바위섬을 향하여 헤엄치기 시작했다. 그런 그를 향하여 정대는 "두두두두" 계속해서 기관단총을 쏘아 대고 있었다.

"나 어떻게 해? 나 어떻게 해?"

그때까지도 유나는 옷을 벗을 생각은 하지 않고 이렇게 말하고 있었다.

"그렇게 내숭 떨다가 밤새겠다. 그럼 슈 아저씨는 언니를 어떻게 생각하겠어?"

지영이는 그녀 특유의 똑 부러지는 목소리로 말했다. 지영이의 이 말에 유나도 더 이상 버틸 수 없다고 판단한 듯 블라우스 단추를 풀기 시작했다.

"언니 젖가슴 정말 예술이다."

보람이가 말했다. 얇고 하얀 브래지어가 감싸고 있는 유나의 희고 탱탱한 젖가슴은 물이 오를 대로 오른 처녀의 그것이었다.

"나 어떻게 해? 여름 브래지어라서 젖꼭지 다 비친단 말야."

유나가 말했다.

"괜찮아. 이 밤에 그게 보여? 빨리 가."

채령이가 말했다.

"그렇지만 달이 이렇게 밝은데……."

주저하는 몸짓으로 치마를 벗어 내리며 유나는 다시 이렇게 말했다. 하얀 삼각팬티만을 입은 유나의 매끈하고 긴 두 다리가 나타났다.

"각선미 한번 죽인다!"

채령이가 말했다. 유나는 이제 브래지어와 팬티 바람으로 천천히 물속으로 걸어 들어갔다. 그때 유나가 입고 있는 하얀 삼각팬티 틈서리로는 검은 터럭 몇 올이 삐져나와 있었지만 유나도 채령이도 그것을 미처 발견하지는 못한 것 같았다. 간간히 불어오는 가을바람에 긴 생머리를 나부끼며 물속으로 걸어 들어간 유나는 마침내 조심스레 물 위에 엎드렸다. 그리고 통통통통 두 발을 굴러 수면을 차며 헤엄치기 시작했다. 그러던 그녀는 이쪽을 향하여 소리쳤다.

"야, 너네들도 들어와! 너무 좋아!"

내숭을 떨던 조금 전과는 전혀 다른 목소리였다. 그런 그녀를 향하여 보람이가 물었다.

"춥지 않아?"

"아니. 하나도 안 추워."

이렇게 말한 유나는 자신의 말을 증명해 보이기 위해서 그렇게 하는 듯 물속으로 깊이 잠수했다. 잠시 후 흠뻑 젖은 긴 생머리를 한 유나가 수면 위로 모습을 드러내며 소리쳤다.

"너무 시원해."

"달밤에 호수에서 솟아오르는 모습이 꼭 물귀신 같네."

지영이가 말했다. 다른 학생들은 까르르 웃었다.

"들어오라니까. 진짜 좋아."

"저런 걸 바로 물귀신이라고 하는 거야. 혼자 수영하기 창피스러우니까 우리까지 끌어들이려고 하는 거야. 저런 말에 속으면 물귀신한테 홀렸다고 하는 거야."

지영이의 이 말에 다른 학생들은 다시 까르르 웃음을 터뜨렸다.

"헤이!"

저편 바위섬에서는 슈가 이쪽을 향하여 손을 흔들어 보이며 소리치고 있었다. 그때서야 유나도 친구들을 단념하고 저편 바위섬을 향하여 헤엄쳐 가기 시작했다.

"달빛 속에서 헤엄치고 있으니까 유나 언니 꼭 인어 같다."

보람이가 말했다.

"내 눈에는 꼭 물귀신같이 보여. 긴 머리까지 풀어헤치고 있으니까."

지영이가 말했다.

그때 허도는 가슴 밑바닥이 찌릿해져 올 만큼 마음이 뿌듯했다. 그도 그럴 것이 손님은 수영을 하러 물에 들어가기 전에 다른 사람이 아닌 바로 허도 자신에게 옷과 구두와 모자를 맡겼기 때문이었다. 비록 영어를 할 줄 모르기 때문에 자신에게 많은 말을 걸어오지는 않았지만, 그럼에도 손님은 허도를 신뢰하고 있었던 것이었다. 그리고 또 한 가지 감동스러운 것은 유나였다. 이 밤중에 유나가 속옷 바람으로 차가운 물속에 들어가 수영을 하는 건 오직, 오늘 밤 그 맛있는 개고기와 술과 과자 따위를 베풀어 준 저 후덕한 손님에게 보답하기 위해서, 손님을 즐겁게 해 주기 위해서라고 그는 판단했기 때문이었다. 이제 곧 유나가 저편 바위섬까지 헤엄쳐 가면 물에 젖은 얇은 여름 브래지어 위로 고스란히 내비치는 유나의 멋진 젖가슴을 손님은 달빛 속에서 보게 될 텐데, 그렇게 되면 손님은 큰 기쁨을 느낄 것이 틀림없었다. 손님에게 기쁨을 주기 위해 저렇게 헤엄쳐 가고 있는, 아직 열일곱 살밖에 안 된 유나가 대견스럽고 자랑스러웠다. 아영이 엄마의 그 눈부시게 희고 아름다운 사타구니를 훔쳐보았을 때 허도가 느꼈던 것처럼 유나의 그 예쁜 젖가슴을 보고 느낄 손님의 기쁨을 생각하니 허도는 마음이 흐뭇해졌다. 물론 유나처럼 예쁘고 깔끔하고 콧대 높은 처녀가 그런 걸 좋아할 리 없겠지만, 만약에 그녀가 원한다면 고욤나무 밑의 굵고 실한 지렁이라도 몇 마리 나누어 주고 싶은 심정이었다.

이런 생각에 잠겨 있던 허도는 문득 자신의 발밑을 굽어보았다. 그러고 보니 자신이 웅크리고 앉은 축축한 흙 속에는 지렁이들이 우글거릴 것만 같았다. 그는 고개를 들어 주변을 둘러보았다. 축축한 낙엽이 쌓인 검은 흙은 정말이지 지렁이가 살기에 딱 좋은 땅이라고 그는 확신했다. 호미가 있다면 지금 당장에라도 한 소쿠리는 능히 캘 것만 같았다. 그러나 허도는 흙을 파헤칠 생각은 없었다. 지금 그가 해야 할 일은 손님의 옷과 구두와 모자를 지키는 것이고, 그런 일이 아니라 할지라도 지금 지렁이를 캐면 여학생들은 말할 것도 없고, 저 훌륭한 손님도 몹시 불쾌해할 것이기 때문이었다.

"잘들 논다. 저것들 저러다가 오늘 밤에 무슨 일 저지르는 거 아니야?"

석태가 말했다. 그러고 보니 호수 저편 바위섬 가에서는 손님과 유나가 어울려 즐겁게 헤엄치고 있었다. 까르르 웃음을 터뜨리면서 유나는 도망치고 있었고, 그런 그녀의 뒤를 쫓아 손님이 헤엄치고 있었다. 이제 여학생들은 다소 시무룩한 표정들을 하고 두 사람을 바라보고 있을 뿐 별로 말이 없었다. 그도 그럴 것이 그때 손님과 유나는 바위섬 뒤편으로 모습을 감추어 버렸던 것이다. 그 명랑한 유나의 웃음소리도 더 이상 들리지 않았다.

"우리도 양주 한번 마셔 보자."

허순이 말했다. 이렇게 말한 그녀는 석태 앞에 놓여 있는 시바스리갈을 가져와 종이컵에 따랐다.

"선생님, 저도 한잔 주세요."

보람이가 허순에게 말했다. 허순은 보람이가 내미는 종

이컵에 시바스리갈을 따랐다.

"추워!"

선영이가 말했다. 그러고 보니 그사이에 밤바람이 좀 더 세진 것 같았다.

"추우면 너도 위스키 한잔 마셔."

채령이가 말했다.

"싫어! 어디 가서 따끈한 커피 한 잔만 마셨으면 딱 좋겠다."

선영이가 말했다. 바위섬 뒤로 사라진 두 사람은 그때까지도 모습을 드러내지 않고 있었다.

"돈이 좋지, 돈이 좋아!"

석태가 혼잣말처럼 중얼거렸다. 그러나 사람들은 아무도 그의 말에 대꾸하지 않았다. 애써 그의 말을 못 들은 척하는 것 같았다. 그러자 다시 석태가 혼잣말처럼 중얼거렸다.

"세상에 돈이면 안 되는 게 없지. 유나 저 어린 년이 꼬리치는 것 좀 봐."

석태의 이 말을 무시하기 위해 그렇게 하기라도 하는 듯 지영이가 허순에게 물었다.

"선생님, 우리 내년에도 서울 대회 참가하는 거지요?"

"그야 내년에 가 봐야 알지."

허순이 말했다.

"내년에는 꼭 입상해야 할 텐데."

보람이가 말했다. 그때 아영이가 소리치듯 말했다.

"어! 유나 언니랑 아저씨 저기 있네."

사람들은 일제히 바위섬 쪽으로 고개를 돌렸다. 그러나 보이는 것이라고는 달빛이 부서지는 호수 위에 떠 있는 검은 바위섬뿐이었다.

"어디 있다는 거야?"

지영이가 물었다.

"방금 저 바위섬 위로 나타났단 말야. 저 뒤편에 앉아서 쉬고 있는 것 같아."

정대는 바위섬 쪽을 향하여 "두두두두" 기관단총을 쏘아 대고 있었다. 사람들은 지영이가 방금 한 말을 확인할 수는 없지만 믿지 못할 까닭은 없다고 생각하는 것 같았다.

허도는 밀려드는 감동으로 눈시울이 확 달아오르는 것을 느꼈다. 지금 저 바위섬 뒤편에서 유나는 물에 젖은 브래지어를 벗고 자신의 그 예쁜 젖가슴을 손님의 손길에 내맡긴 채 스르르 눈을 감고 있을지도 모른다고 생각했기 때문이었다. 만약 그게 사실이라면, 달빛 속에 드러난 유나의 그 눈부시게 희고 탱탱한 젖을 어루만지면서 손님은 크나큰 기쁨을 느낄 수 있을 거라고 생각했기 때문이었다. 어쩌면 지금쯤 손님은 좀 더 큰 기쁨을 느끼기 위하여 유나의 분홍빛 젖꼭지를 빨고 있을지도 모르는데, 만약 그게 사실이라면, 비스듬히 상체를 앞으로 내밀어 손님에게 자신의 젖을 물린 채 다정스러운 손길로 손님의 머리를 쓰다듬고 있을 유나가 너무 대견스럽게 느껴졌기 때문이었다. 하얀 삼각팬티 틈서리로는 미처 다 가리지 못한 유나의 그 풍성한 검은 터럭 몇 올이 삐져나와 있겠지만 그것도 의식하지 못한 채, 손님에게 젖을 물리고 있을 그 착한 유나의 얼굴을 상상하고 있는 허도의 두 눈에는 감동의 눈물이 고이고 있었다.

"그거 이리 내놔."

이 소리에 놀라 허도는 고개를 쳐들었다. 허도의 눈앞에는 정대가 기관단총을 겨누고 있었다.

"그거 내놓지 못하겠어?"

기관단총을 든 정대가 다시 말했다. 정대가 요구하는 것은 손님의 옷과 구두와 모자인 것 같았다.

"안 돼, 정대야."

허도는 애원하는 표정과 목소리로 말했다.

"내놓으라니까?"

당장에라도 기관단총 개머리판으로 허도의 앙상한 턱

을 후려칠 기세로 정대가 말했다.

"정대야, 제발."

기관단총을 든 어린 정대 앞에 웅크리고 쩔쩔매고 있는 폐결핵 환자 허도의 모습은 달빛을 받아서 그렇겠지만 연극의 한 장면 같았다. 그래서 그랬겠지만 처음에 여학생들은 뜻 없이 웃고 있었다. 그때 석태도 껄껄 웃으며 말했다.

"내줘야겠네. 총 든 놈이 달라고 하면 줘야지, 별수 있나?"

이렇게 말하고 난 석태는 잠시 후 비시시 웃으며 덧붙였다.

"아까 보니 그 새끼 주머니에 빳빳한 오만 원짜리 한 뭉치 들었더라."

그때서야 여학생들은 편치 않은 표정들로 사태를 주시하기 시작했다.

"내놔, 이 새끼야!"

이렇게 소리치며 정대는 허도를 확 밀쳤다. 허도는 서른 살이지만 오랜 폐결핵으로 쇠약해질 대로 쇠약해져서 일곱 살 난 어린 정대의 완력에도 견디지 못하고 굵은 지렁이들이 꿈틀거리고 있을 그 축축한 땅 위로 쓰러졌다. 쓰러지면서도 허도는 손님의 옷과 구두와 모자를 필사적으로 움켜잡았다.

"정대, 너 왜 그래?"

아영이가 소리치며 달려들었다.

"씨팔년, 니가 뭔대?"

정대는 아영이를 향하여 기관단총을 겨누며 말했다. 아영이는 너무나 화가 난 듯 정대를 왈칵 밀어 버렸고, 기관단총을 든 정대는 땅바닥에 쓰러졌다. 정대가 쓰러지자 아영이는 빠르게 한번 허순의 눈치를 살폈다. 그때 허순은 망연자실한 얼굴을 하고 있었다.

"이 씨팔년, 죽여 버릴 거야."

쓰러진 정대는 씩씩거리며 일어났다. 그때 허순이 달려와 정대의 뺨을 세차게 후려쳤다. 어찌나 세차게 후려쳤던지 정대는 땅바닥에 쓰러졌다. 그런 정대를 걷어차면서 허순이 소리쳤다.

"이 새끼야, 니가 강도냐? 내가 지 애비 닮지 말라고 그만큼 기도했는데……."

이렇게 말한 허순은 땅바닥에 주저앉아 흐느껴 울기 시작했다. 허순의 울음소리에 질린 정대는 말없이 일어나 저편으로 가 버렸고, 허도는 다시 일어나 손님의 옷과 구두와 모자를 쓸어안았다.

"선생님, 고정하세요. 어린애들이 다 그렇지요, 뭐."

보람이가 허순을 달래며 말했다. 지영이와 채령이도 허순에게로 가 허순을 달래고 있었다. 오직 한 사람, 아영이만이 무안한 얼굴을 하고 있었다. 아영이는 자기 때문에 별일도 아닌 일이 커졌다고 생각하는 것 같았다.

그러나 허도는 어린 아영이가 고맙고 대견스러웠다. 아영이가 아니었다면 허도는 손님의 옷과 구두와 모자를 정대에게 빼앗겼을 거라고 생각했던 것이다. 어린 아영이가 자신을 구해 줬다는 생각을 하자 아영이 엄마의 그 눈부시게 희고 아름다운 사타구니가 떠올랐다. 아영이 엄마는 그렇게 아름다운 사타구니를 가졌기 때문에 아영이처럼 예쁘고 착한 딸을 낳았을 거라고 허도는 생각했다. 그렇게 할 수만 있다면 정말이지, 아영이에게도 굵고 실한 지렁이 몇 마리를 나누어 주고 싶었다. 그때까지도 바위섬 뒤로 사라진 손님과 유나는 모습을 나타내지 않고 있었다.

4

"지금 몇 시나 됐을까?"

보람이가 물었다. 채령이는 휴대폰을 꺼내 시간을 확인하고는 말했다.

"열한 시 반."

사람들은 아무 말 하지 않았다. 오랜 침묵 끝에 마침내 단정한 교복 차림의 선영이가 입을 열었다.

"아저씨랑 유나 언니는 진짜 뭐하는 걸까?"

"이야기 나누고 있겠지, 뭐."

아영이가 말했다.

"유나 언닌 영어도 잘 못하잖아."

선영이가 말했다.

"그게 그렇게 궁금하면 니가 직접 들어가 봐."

지영이가 말했다. 선영이는 무안해진 낯으로 입을 다물었다.

"유나 언니 불러 볼까?"

다시 선영이가 말했다. 지영이는 짜증 섞인 목소리로 말했다.

"이 기집애! 부르긴 뭐하러 불러? 눈치도 없이."

그들에게는 확실히 시간이 더디게 흐르는 것 같았다. 허도는 노래를 부르기 시작했다.

태극기가 바람에
펄럭입니다.

손님의 옷과 구두와 모자를 끌어안은 채 저만치 혼자 앉은 허도가 느닷없이 노래를 부르자 사람들은 어리둥절해하는 눈으로 돌아보았다. 그러나 허도는 굴하지 않고 끝까지 노래를 불렀다.

하늘 높이 아름답게
펄럭입니다.

노래 한 곡을 다 부르고 나자 허도는 숨이 차고 머리가 어지러웠다. 그때 어린 정수가 나서며 말했다.

"나도 노래할래."

그러자 여학생들은 박수를 쳤다. 정수는 「곰 세 마리」를 부르기 시작했다. 정수의 노래에 맞추어 여학생들은 손뼉을 쳤다. 그때까지도 바위섬 뒤로 사라진 손님과 유나는 모습을 나타내지 않고 있었다. 허도는 거칠게 숨을 몰아쉬면서도 입술을 일그러뜨려 빙그레 혼자 웃고 있었다.

바위섬 뒤편에 있을 손님과 유나에게는 충분한 시간이 필요하다고 허도는 생각했던 것이다. 날이 하얗게 샐 때까지 두 사람이 함께 있을 수만 있다면 더할 나위 없겠지만, 눈치 없는 선영이가 기다리다 지쳐 유나를 소리쳐 부르기라도 한다면 끝장이라고 허도는 판단했던 것이다. 그렇게 되면 유나는 어쩔 수 없이 자신의 젖을 빨고 있는 손님을 밀쳐 내고 서둘러 브래지어를 입고, 벗겨져 내린 팬티를 올리면서 돌아와야 할 텐데, 갑자기 유나를 잃어버린 손님은 감당할 수 없는 슬픔에 빠져들 것이 틀림없었다. 그렇다고 해서 유나를 나무랄 수도 없는 일일 것이다. 선영이가 소리쳐 자신을 부르고 있는데도 못 들은 척한다면 사람들은 유나를 이상하게 생각할 것이고, 유나에 대한 평판이 나빠질 수도 있는 일이니까 말이다. 하원과 같은 작은 마을에서 젊은 처녀가 평판이 나빠진다는 것은 불행한 일이 아닐 수 없다.

정수의 노래가 끝나자 이제 아영이가 "산토끼 토끼야" 하며 노래를 부르기 시작했고, 아영이의 「산토끼」가 끝나자 선영이가 "나리 나리 개나리"를 부르기 시작했다. 동요를 부르니 갑자기 재미가 나는지 보람이는 「옹달샘」을 불렀고, 지영이는 "이슬비 내리는 이른 아침에"를 불렀다.

이렇게 한창 동요를 부르고 있을 때였다. 저편 바위섬 위로 하얀 브래지어와 팬티를 입은 유나가 모습을 나타냈다. 그런데 유나는 다급하게 물속으로 뛰어들어 허겁지겁 이쪽으로 헤엄쳐 오기 시작했다.

"진짜 무슨 일 있는 거 아냐?"

보람이가 말했다. 그도 그럴 것이 필사적으로 손을 내저어 헤엄을 쳐 오고 있는 유나의 모습이 예사롭지가 않았던 것이다.

"슈 아저씨는 왜 안 보이지? 아저씨한테 무슨 일 있는 거 아냐?"

아영이가 울먹이는 소리로 말했다.

"일은 무슨 일? 물귀신한테 홀려 지금쯤 물속에 가라앉아 있겠지."

심술궂은 목소리로 지영이가 말했다.

"언니, 무서워! 제발 그런 소리 하지 마!"

금방이라도 울음을 터뜨릴 것만 같은 소리로 아영이가 말했다.

"무슨 일이야? 왜 슈 아저씨는 안 와?"

채령이는 유나를 향하여 소리쳐 물었다. 얕은 곳까지 헤엄쳐 온 유나는 두 팔로 젖가슴을 감싸 안은 채 허둥지둥 물 밖으로 뛰어나오고 있었다. 그런 그녀의 모습은 평소의 그 도도하고 당당하던 모습과는 달라 보였다. 뭔가 심한 충격을 받은 것 같은 모습이었다.

"왜? 왜 그래?"

놀란 학생들은 유나에게로 몰려가 이렇게 물었다. 그러나 유나는, 차가운 물속에 있었기 때문에 그런지는 모르지만 새파랗게 질린 낯으로 오들오들 떨고 있을 뿐이었다. 물에 젖은 그녀의 삼각팬티 틈서리로는 그때까지도 검은 터럭 몇 올이 물에 젖은 채로 삐져나와 있었지만 그런 것은 문제도 아닌 것 같았다.

"대체 왜 그래?"

채령이가 손수건을 꺼내 유나의 몸을 닦아 주며 물었다. 채령이의 작은 손수건으로는 그러나 유나의 몸을 타고 흐르는 물을 다 닦아 낼 수 없을 것 같았다. 그때 허순이 유나에게로 와 다소 엄한 표정과 목소리로 물었다.

"무슨 일 있었어?"

오들오들 떨고 있던 유나는 겨우 입을 열어 말했다.

"아무 일도 없었어요."

"그럼 왜 그래?"

"그냥…… 추워서요."

허순은 믿을 수 없다는 표정과 목소리로 다시 다그쳤다.

"여태 거기서 뭐하고 있었어?"

유나는 겁먹은 눈으로 허순을 올려다보며 말했다.

"그냥 앉아 있었어요, 정말이에요."

"앉아서 뭐했어?"

유나는 이제 좀 억울하다는 표정과 목소리가 되어 말했다.

"그냥 달을 바라보고 있었어요. 달이 흘러가고 있는 게 너무 신기해서 바라보고 있었을 뿐이란 말예요."

중천에 떠 있던 달은 그러고 보니 어느새 서쪽 하늘로 기울어져 있었다. 허순도 이제 더 이상 할 말이 없는 것 같았다.

"그런데 슈 아저씨는 왜 아직도 안 와?"

이번에는 아영이가 물었다. 그런 아영이를 핀잔하듯 지영이가 말했다.

"자나 깨나 넌 슈 아저씨 생각뿐이냐? 아무래도 이년

슈 아저씨한테 시집보내야겠다."

아영이의 질문에 일리가 있다고 생각한 듯 허순이 다시 유나를 다그쳤다.

"그래. 아저씨는 뭐하고 있어?"

"아직도 달을 바라보고 있을 거예요."

채령이를 비롯한 몇몇 여학생들은 이제 유나에게 옷을 갈아입히기 위해 저편 나무 그늘 쪽으로 유나를 데려갔다. 그런 학생들의 등에다 대고 마지막으로 허순은 당부했다.

"감기 걸리지 않게 해."

두 팔로 젖가슴을 감싸 안은 채 오들오들 떨고 있는 유나를 둘러싸고 여학생들은 우선 유나의 축축한 브래지어를 벗겨 내고 블라우스를 입혀 주었다. 블라우스 단추를 채워 주면서 보람이가 말했다.

"소문내지 않을 테니 언니 솔직하게 말해 봐. 좋았어?"

그러나 이빨까지 달달달달 부딪히면서 떨고 있는 유나는 대답을 할 수 없었다.

"좋았겠지, 뭐."

퉁명스러운 목소리로 지영이가 말했다.

"키스했어?"

단정한 교복 차림의 선영이는 물에 젖은 유나의 팬티

를 벗겨 내고 치마를 입혀 주면서 물었다. 떨고 있는 유나
는 겨우 입을 열어 대답했다.

"아니."

유나를 둘러싸고 있는 학생들은 이해할 수 없다는 표
정들이었다.

"그럼 아저씨가 언닐 만졌어?"

스커트의 지퍼를 올려 주면서 다시 선영이가 물었다.

"아니."

"에이, 거짓말! 키스도 안 하고 만지지도 않았다면 한
시간 동안이나 거기 앉아서 뭐했어?"

보람이가 말했다.

"한 시간은 무슨 한 시간? 오 분밖에 안 있었어."

유나가 억울하다는 듯이 말했다. 듣고 있던 학생들은
어처구니가 없다는 표정들이었다.

"아예 꿈속을 헤매고 있었네, 뭐."

지영이가 혼잣말처럼 중얼거렸다.

"한 시간까지는 몰라도 삼십 분은 더 됐을 거야."

채령이가 말했다. 채령이의 말에는 신뢰성이 있다고 생
각하는지 유나는 더 이상 반론을 제기하지 못했다.

"키스도 하지 않고 만지지도 않았는데 어떻게 그렇게
꿈속을 헤맬 수가 있지?"

지영이가 혼잣말처럼 중얼거렸다. 유나는 완강한 표정과 목소리로 말했다.

"정말이야. 아저씨는 털끝 하나 내 몸에 손대지 않았어."

"설마?"

보람이가 말했다.

"에이, 시시해!"

지영이가 말했다. 그리고 잠시 후 그녀는 자못 심각한 표정과 목소리로 계속했다.

"팬티만 입고 앉아 오들오들 떨고 있는, 언니같이 예쁜 처녀와 나란히 앉아 있으면서 털끝 하나 손대지 않았다? 그렇다면 슈 아저씨한테 무슨 문제가 있는 거 아냐?"

그때 단정한 교복 차림의 선영이가 말했다.

"아까 바지 벗을 때 얼핏 봤는데, 슈 아저씨 물건 장난 아닌 것 같았어."

학생들은 킥킥킥 웃었다.

"얌전한 고양이 부뚜막에 먼저 올라간다더니……."

채령이가 혼잣말처럼 중얼거렸다. 단정한 교복 차림의 선영이는 부끄러운 듯 쌩긋 웃었다.

"슈 아저씨 물건이 장난이 아니었다면 유나 언니한테 문제 있네. 아무리 팬티 바람으로 오들오들 떨고 있어도

슈 아저씨 눈에는 언니 따위는 아예 급수도 안 되는 미성
년자에 지나지 않았겠지."

다시 학생들은 킥킥킥 웃었다.

"그렇지만 팬티만 입고 있었던 건 아니란 말야. 브래지
어도 하고 있었어."

오들오들 떨고 있으면서도 유나는 항변했다.

"그렇지만 이까짓 거 하나 마나지. 물에 젖으면 속이
훤히 다 비칠 텐데."

"지영이 얘 정말 못 말려."

보람이가 말했다. 그러나 지영이는 계속했다.

"아하! 이제 알겠다. 아저씨가 언니를 만지지 않았다면
언니가 아저씨를 만졌겠네. 그렇지, 언니?"

지영이의 이 말에 학생들은 참을 수 없다는 듯이 킥킥
킥 웃음을 터뜨렸고, 유나는 화가 나서 견딜 수 없는지 악
을 쓰며 소리쳤다.

"서지영, 너 죽고 싶어?"

그런 유나를 두둔하며 채령이가 말했다.

"지영이 넌 왜 꼭 그런 식으로만 생각하니? 달을 쳐다
보고 있었다고 했잖아."

그러자 이번에는 보람이가 말했다.

"그냥 달만 쳐다보고 있었다는 게 말이나 돼? 무슨 말

이라도 했을 거 아냐? 유나 언닌 영어 그렇게 잘하지 못하잖아."

떨고 있던 유나가 겨우 입을 열어 말했다.

"말은 했어."

"무슨 말?"

"오늘 저녁 양고기 맛있었다고."

나무 그늘 속에서 학생들이 이런 대화를 나누고 있을 때 저편 바위섬 위에서 마침내 손님이 모습을 드러냈다. 그는 이쪽을 향하여 손을 흔들어 보이며 "헤이!" 하고 소리쳤다. 그리고 이쪽으로 건너오기 위하여 물속으로 뛰어들었다.

"지랄하네. 유나 따먹고 나니 좋아서 미치겠지?"

석태가 혼잣말처럼 중얼거렸다. 그런 석태를 돌아보며 허순이 날카로운 표정과 목소리로 말했다.

"무슨 말을 그렇게 해? 아무 일 없었다고 하잖아. 아무 근거도 없이 헛소문내고 다니면 제일 먼저 누가 죽는지 알기나 해? 제일 먼저 내가 죽어. 학교에서 잘리겠지."

허순의 서슬에 질렸는지 석태는 입을 다물었다. 그래도 안심이 안 되는지 허순은 덧붙여 말했다.

"젊은 처녀한테 그런 헛소문이 얼마나 나쁜지 알기나 해?"

석태는 아무 말 하지 않았다.

손님은 힘차게 팔을 저어 이쪽 기슭으로 건너왔다. 뭍
으로 올라온 그는 갈증이 나는지 맥주 한잔을 달라고 했
다. 아영이가 캔 맥주 하나를 갖다 주자 그는 목을 뒤로
젖히고 벌컥벌컥 맥주를 마셨다. 그가 맥주를 마시는 틈
을 타 물에 젖은 팬티 위로 불룩하게 나온 손님의 물건을
슬쩍 확인해 본 여학생들의 얼굴은 빨갛게 달아올랐다.
그도 그럴 것이 선영이가 말했던 것처럼 손님의 물건이
장난 아닌 것 같았기 때문이었다.

캔 맥주 하나를 다 비운 손님은 허도에게로 달려갔다.
허도는 자리에서 일어나 그에게 옷을 내밀었다. 손님은
물이 흐르는 팬티 위로 바지를 꿰어 입었고, 젖은 몸 위로
윗도리를 걸쳤다. 그리고 구두를 신고 모자를 썼다.

"오! 판타스틱!"

수영을 하고 나니 기분이 좋은지 손님은 하늘에 떠 있
는 달을 올려다보며 소리쳤다. 그리고 곁에 서 있는 아영
이와 어깨동무를 했다. 물에 빠진 새앙쥐 꼴을 하고 오들
오들 떨고 있는 유나를 발견했을 때는 그녀의 꼴이 참을
수 없이 우습다는 듯 하하하 소리 내어 웃어 대기도 했다.
그런 그에게 채령이는, 이대로 두면 유나가 감기에 걸릴
수 있으니 슈가 예약해 놓은 호텔 방에 가서 뜨거운 물에

유나가 샤워를 할 수 있도록 배려해 주면 안 되겠느냐고
물었다. 손님은 "굿 아이디어! 굿 아이디어!" 하고 말하고
는 사람들을 향해 손뼉을 치며 소리쳤다.

"나우, 에브리바디! 레츠 고 투 더 호텔, 투 마이 룸! 레
츠 고 투 드링크 어게인!"

그때까지 손님과 어깨동무를 하고 있던 아영이가 한쪽
팔을 번쩍 쳐들어 올리며 소리쳤다.

"오케이! 레츠 고!"

학생들은 일제히 "오케이! 레츠 고!" 하고 소리치며 손
님이 묵을 호텔 방으로 자리를 옮기기 위해 서둘러 자리
를 정리했다. 남아 있는 술과 음식을 모아 봉지에 담고,
빈 맥주 캔과 쓰레기들은 따로 모아 봉지에 담았다. 끝으
로 그녀들은 봉고차 운전사한테서 빌린 돗자리를 걷었다.

떠날 준비가 다 되었다는 것을 확인한 손님은 이제 저
만치 축축한 땅 위에 혼자 웅크리고 앉은 허도를 향하여
손짓을 하며 소리쳤다.

"헤이! 레츠 고 투게더."

그러나 허도는 꼼짝하지 않았다. 손님은 허도에게로 달
려가 허도의 앙상한 팔을 잡아 일으키며 말했다.

"오! 마이 브라더. 플리즈, 레츠 고 투게더."

그러고는 막무가내로 허도를 잡아끌었고, 허도는 허둥

지둥 손님의 손에 끌려갔다. 사람들은 다시 봉고차에 올랐다.

"언니 지금 노브라 노팬티지?"

봉고차 안에서 지영이는 옆자리에 앉은 유나의 귀에다 대고 속삭였다. 유나는 누가 들었을까 봐 겁이 나는지 황급히 차 안을 한 번 둘러보고는 지영의 어깨를 주먹으로 쥐어박았다.

"아야! 왜 때려!"

지영이는 차 안의 모든 사람이 다 들을 수 있을 만큼 큰 소리로 외쳤다. 그리고는 앞자리에 앉은 손님의 등을 쿡쿡 찌르며 말했다.

"엉클 슈! 엉클 슈!"

손님은 상체를 돌려 지영이를 돌아보았다. 그런 그에게 지영이가 말했다.

"유나 비트 미."

손님은 알 만하다는 듯이 고개를 끄덕이며 말했다.

"이예스, 아이 노, 쉬 이즈 배드 걸."

그러자 학생은 까르르 웃음을 터뜨렸다.

"지영이 저년은 아무도 못 말려."

보람이가 혼잣말처럼 중얼거렸다. 사람들을 태운 봉고차는 저편에 보이는 호텔로 가기 위하여 호숫가를 달리고 있었다.

  호텔을 향해 가고 있는 사람들의 기대는 저마다 다를 것이다. 선영이는 뜨거운 커피 한잔을 마실 수 있을 거라고 기대했을 것이고, 유나는 뜨거운 물에 샤워를 하고 젖은 브래지어와 팬티를 어느 정도라도 말려 입을 수 있을 거라고 기대했을 것이고, 아영이는 슈 아저씨가 오늘 밤 주무시게 될 방을 둘러보고 이부자리를 매만져 줄 수 있을 거라고 기대했을 것이다. 그런가 하면 허순은 말로만 듣던 호텔 스위트룸이 어떻게 생겼는지 눈으로 직접 볼 수 있을 거라고 기대했을 것이고, 석태는 스위트룸 홈바에 진열되어 있을 양주 샘플들을 맛볼 수 있을 거라고 기대했을 것이고, 정대는 호텔 방을 뛰어다니며 기관단총을 마음껏 쏘아 댈 수 있을 거라고 기대했을 것이고, 정수는 로봇을 조립하여 작동시킬 수 있을 거라고 기대했을 것이다. 한편, 지영이로 말할 것 같으면 노브라 노팬티의 유나 언니를 좀 더 놀려 먹을 수 있을 거라고 기대했을 것이고, 보람이로 말할 것 같으면 따뜻한 방에 무릎을 맞대고 둘러앉아 도란도란 이야기를 나눌 수 있을 거라고 기대했을 것이고, 채령이로 말할 것 같으면 미스터 슈를 상대로 좀 더 유익하고 진지한 대화를 나눌 수 있을 거라고 기대했을 것이다. 그러나 허도로 말할 것 같으면 아무것도 기대하는 것이 없었다. 호텔에 가면 손님을 위해 자신이 해 줄 수 있는 일은 아무것도 없을 것이고, 그리고 호텔 방에 는 지렁이가 살고 있지도 않을 것이기 때문이었다. 이런 생각을 하고 있던 허도는 문득, 유나가 몹시 실망스러웠 다. 그도 그럴 것이 아까 바위섬 뒤에서 유나는 손님을 위 하여 충분히 헌신을 하지 않았던 것이 분명하기 때문이었 다. 그냥 달만 쳐다보고 있었다니? 정말이지 유나는 저보 다 네 살이나 어린 아영이보다 철이 덜 들었다고 허도는 확신했다. 저 점잖은 손님이 달만 쳐다보고 있다고 해서 유나 자신도 멍청히 달만 쳐다보고 있었다는 이야기를 들 으면 고욤나무 밑의 지렁이들도 웃을 일이라고 허도는 생 각했다. 한창 물이 오른 싱그러운 젖가슴을 갖고는 있지 만, 삼각팬티가 다 가릴 수 없을 만큼 풍성한 검은 터럭을 가지고는 있지만, 유나는 아직 철이 덜 든 계집아이일 뿐 이라고 허도는 판단했다. 물론 유나처럼 예쁜 여자는 가 까이에서 보는 것만으로도 상당한 기쁨을 느낄 수 있다. 그러나 보는 기쁨과 만지고 빠는 기쁨은 확연히 다른 것 이다. 흙 속에서 꿈틀거리는 지렁이들만 해도 그렇다. 그 것들은 바라보고 있는 것만으로도 마음이 뿌듯해진다. 그 러나 그것들을 손으로 잡아낼 때 손끝에서부터 전해 오 는 그 짜릿한 기쁨에 비하면 보는 기쁨은 아무것도 아닌 것이다. 특히, 굵고 실한 지렁이를 잡아 입안으로 빨아들일 때, 입안 가득히 느껴지는 그 꿈틀거림의 기쁨은 이루 말로 다 할 수 없는 것이다. 유나는 숙맥처럼 가만히 앉아 달만 쳐다볼 일이 아니라 손님으로 하여금 자신을 만지고 빨도록 했어야 한다고 허도는 생각했다.

맨 꼭대기 층에 위치한 스위트룸은 넓은 침실과 넓은 거실로 이루어져 있었다. 침실에는 넓고 깨끗한 욕실이 딸려 있었고, 거실에는 손님을 맞을 수 있도록 가구들이 갖추어져 있었다. 침실에서나 거실에서나 창문 밖으로 석촌호가 한눈에 들어왔다.

"우와! 너무 좋다. 유나 언니는 좋겠다."

호텔방을 둘러보던 지영이가 말했다. 지영이의 이 말에 유나는 너무나 당황하여 빨갛게 달아오른 얼굴로 황급히 말했다.

"내가 왜 좋아?"

유나의 이 말을 아영이가 거들었다.

"맞아. 좋으면 내가 좋지, 유나 언니가 왜 좋아?"

아영이의 이 말에 보람이가 말했다.

"유나 언니의 강력한 라이벌이 나타났네."

학생들이 그런 대화를 나누고 있는 동안에도 허순은 아파트를 사러 온 사람처럼 자못 심각한 표정으로 방을 둘러보고 있었다. 그러던 그녀는 마침내 소파 위에 털썩 주저앉으며 탄식하듯 말했다.

"이 넓은 공간을 혼자 쓴다는 말인가?"

그녀의 큰아들 정대는 그때 기관단총을 들고 이 방 저 방을 뛰어다니고 있었고, 작은아들 정수는 카펫 바닥에 쭈그리고 앉아 로봇을 조립하고 있었다.

"씨팔! 이렇게 좋은 방에서 여자도 없이 어떻게 혼자 잔다는 거야?"

석태가 혼잣말처럼 중얼거렸다. 이렇게 말한 그는 문득 생각났다는 듯이 가까이 있는 채령이를 붙들고 은밀한 목소리로 속삭였다.

"슈 아저씨 여자 하나 불러다 줄까?"

채령이는 그러나 석태의 이 말을 이해하지 못하는 표정이었다. 석태는 비실비실 웃으며 계속했다.

"룸싸롱이나 노래방에 전화하면 금방 불러올 수 있어."

채령은 대꾸하지 않았다. 석태의 말이 말 같지 않다고 생각하는 표정이었다. 게다가 그때 손님이 손뼉을 치며 사람들을 향해 이렇게 소리쳤다.

"나우, 플리즈 에브리바디!"

사람들은 모두 거실로 모여들었다. 그러나 유나는 보이지 않았다. 그때 그녀는 침실에 딸린 욕실에 들어가 뜨거운 물로 샤워를 하기 시작했던 것이다.

"아임 리얼리 해피 투나잇, 비코스 아 미트 마이 리얼 프렌드, 마이 리얼 패밀리."

채령이는 통역했다.

"오늘 밤 나는 정말 행복합니다. 왜냐하면 나는 나의 진정한 친구, 진정한 가족을 만났기 때문입니다."

"플리즈, 두 유어셀프 컴퍼터블 앤 인조이."

"마음껏 마시고 편하게 즐기세요."

이 말에 학생들은 "와!" 하고 소리쳤다.

"그럼 이런 거 다 마셔도 되는 거야?"

석태는 홈바에 비치되어 있는 양주 샘플들을 가리켜 보이며 물었다.

"오브 코스."

채령이의 통역 없이도 석태가 하는 말을 알아들었는지 손님이 말했다.

"물론이래요."

채령이가 말했다.

사람들은 이제 더러는 소파에 기대어 앉고 더러는 양탄자가 깔린 바닥에 앉았다. 부드러운 조명 밑에 둘러앉자 분위기가 오붓해졌다. 허도는 자신의 옷에 묻은 흙이 방을 더럽힐까 봐 현관 입구에 웅크리고 앉았다.

"언제까지 하원에 계실 거냐고 물어봐."

허순이 채령이에게 말했다. 채령이는 허순의 질문을 손님에게 통역했고, 손님은 내일 오전에 서울로 돌아갈 거라고 했다. 손님의 이 말에 허순은 몹시 당황한 표정으로 완강하게 말했다.

"안 돼요. 그건 말도 안 돼요. 여기까지 오셨으면 며칠 묵었다가 가야지 하룻밤 자고 가신다니, 그게 말이나 되는 소린가요?"

허순의 이 말에 아영이도 거들었다. 아영이는 손님의 팔에 매달리며 말했다.

"안 돼요, 슈 아저씨! 가시면 안 돼요."

그녀들의 이 말은 채령이에 의해 통역되었고, 채령이의 통역을 들은 손님은 자신도 내일 떠난다고 생각하니 벌써부터 슬퍼진다, 그러나 어쩔 수 없는 일이라고 말했다. 다른 여학생들도 섭섭한지 다소 울적한 표정들을 하고 있었다. 그때 석태가 나섰다.

"미스터 슈! 왜 간다고 그래? 한 일주일쯤 놀다 가. 이렇게 예쁜 미인들도 많은데 왜 간다는 거야? 오늘 못 온 무용단 애들 내일 다 올 거야. 지선이, 승연이, 재령이…… 이런 애들도 미스터 슈 얼마나 좋아하는데……."

채령이의 통역을 통해 석태가 한 말을 들은 손님은 곁

에 앉은 아영이, 보람이를 두 팔로 감싸 안으며, 자신도 이 예쁜 친구들을 두고 떠난다는 것이 너무나 고통스럽다, 지선이, 승연이, 재령이도 보고 싶다, 그러나 어쩔 수 없다고 말했다. 허순은 몹시 낙담한 표정으로 한숨을 내쉬고 있었고, 학생들은 울적한 표정들을 하고 있었다. 그러나 기관단총을 든 채 저편에 서 있는 정대는 아까부터 줄곧 적의감에 찬 눈으로 손님을 쏘아보고 있었다.

"아영이 니가 아저씨 못 가시게 어떻게 좀 잘해 봐."

선영이가 아영이에게 말했다.

"노아영 저 아이 실력으로 되겠어? 유나 언니라면 또 몰라도."

지영이가 말했다.

"그래, 유나가 슈한테 잘 좀 해 드려야겠다. 유나 어디 갔어?"

석태가 말했다. 이렇게 말하면서 그는 유나를 찾기 위해 두리번거렸다. 유나는 그러나 샤워를 하고, 긴 생머리를 말리고, 젖은 브래지어와 팬티를 다소나마 말려 입어야 했기 때문에 늦어지고 있었다.

손님이 간다는 말에 허도 역시 섭섭하기는 마찬가지였다. 그러면서도 허도는 한시바삐 손님이 떠나야 한다고 생각했다. 떠나지 않고 며칠 더 머무르게 된다면 석태 같은 인간에게 개고기와 술을 사느라 많은 돈을 쓰게 될 게 뻔했기 때문이었다. 다만 한 가지 손님에게 미안하고 애석한 것이 있다면, 철딱서니 없는 유나가 아까 바위섬 뒤에서 흘러가는 달만 쳐다보느라 저 점잖은 손님을 전혀 기쁘게 해 드리지 않았다는 점뿐이었다. 이런 생각을 하자 허도는 갑자기 유나가 얄미워졌다. 그래서 허도는 유나같이 철딱서니 없는 년은 석태 같은 건달이나 만나 겁탈당하고, 긴긴 세월을 눈물로 흘려보낼 거라고 속으로 말했다. 이렇게 말하고 나자 허도는 갑자기 유나가 가여워서 마음이 아팠다. 그래서 허도는 유나에게 한 번만 더 기회를 주고 싶었다. 생각해 보면 유나가 손님을 기쁘게 해 드릴 기회는 아직도 있었다. 날이 새려면 멀었으니까 말이다.

"하원이 좋으냐고 물어봐."

허순이 채령이에게 말했다. 채령이는 허순이 한 질문을 손님에게 통역했고, 손님은 잠시 생각을 정리한 뒤, 하원은 아름답다, 왜냐하면 서울과 달리 한국의 전통이 살아 있기 때문이다, 그래서 그렇겠지만 여기 모인 사람들도 모두 아름답다, 왜냐하면 한국 전통의 아름다움을 간직하고 있기 때문이라고 했다. 손님이 한 이 말은 채령이에 의해 통역되었지만 사람들은 손님의 말에 그다지 동의하지 않는 표정들이었다.

"그렇게 하원이 좋다면서 왜 떠나려고 하세요?"

허순은 이제 울상이 되어 손님에게 말했다. 채령이는 허순의 이 말을 통역하지 않았다. 해 봐야 별 필요가 없다고 판단한 것 같았다. 유나는 아직 나타나지 않았다.

바위섬 뒤에서 유나는 부끄러웠을 것이다. 물에 젖은 얇은 여름 브래지어와 삼각팬티만을 입은 채 장난 아닌 물건을 한 팬티 바람의 남자와 단둘이 있는 것은 생전 처음이었을 테니까 말이다. 게다가 달빛이 너무 밝았으니까 말이다. 그리고 무엇보다, 너무 추웠을 것이다. 소태산에서부터 흘러온 차가운 석촌호 물에 수영을 하고 가을바람이 부는 바위섬 뒤에 앉아 있었으니까 말이다. 부끄러움과 추위로 오들오들 몸이 떨려 와 손님을 기쁘게 해 드릴 경황이 없었을 것이다. 그래서 달만 쳐다볼 수밖에 없었을 것이다. 그러나 이제 뜨거운 물에 샤워를 하고 있는 유나의 몸은 후끈 달아올라 있을 것이고, 아까 바위섬 뒤에 앉아 있을 때 훔쳐보았을 젖은 팬티 위로 불룩하게 솟아 있던 손님의 그 장난 아닌 물건을 떠올리며 얼굴까지 빨갛게 달아올라 있을 것이다. 그리고 그런 손님이 주무실 스위트룸 욕실에서 샤워를 하고 있는 자신의 몸이 갑자기 자랑스럽게 느껴질 수도 있을 것이다. 그 차가운 석촌호

속에 들어가 함께 수영을 하는 동안 정이 들어서 그렇겠지만, 저편 거실에 친구들과 함께 둘러앉아 이야기를 나누고 있을 손님이 남같이 느껴지지 않을 수도 있는 것이다. 샤워를 마치고 뽀송뽀송한 타올로 몸 구석구석을 닦고 있을 유나는 콩닥거리는 가슴을 주체할 수 없을 것이다. 샤워를 마치고 고양이처럼 조심스레 욕실 문을 열고 밖을 내다보는 유나의 눈에 가장 먼저 들어오는 것은 밀려드는 달빛 속에 눈부시게 흰 시트가 깔린 침대일 것이다. 그 순간 유나는 다시 주체할 수 없을 만큼 가슴이 콩닥거릴 수도 있는 것이다. 오늘 밤 저 침대 위에서 자신의 순결을 바치게 될지도 모른다는 강렬한 예감이 들 수도 있는 일이니까 말이다. 유나에게는 손님을 기쁘게 해 드릴 기회가 아직 남아 있는 것이다. 그 기회를 놓치지 않는다면 정말이지 유나에게 가장 굵고 실한 지렁이만을 골라 세 마리를 주겠다고 허도는 생각하고 있었다.

"아저씨 결혼은 했는지 물어봐 봐."

아영이가 채령이에게 말했다.

"왜? 결혼 안 했으면 니가 시집가게?"

지영이가 아영이에게 말했다. 아영이는 빨갛게 달아오른 얼굴로 배시시 웃으며 말했다.

"그걸 말이라고 해?"

"어머! 어머! 이 기집애 머리에 피도 안 마른 것이……."

듣고 있던 채령이는 아영이가 한 질문을 손님에게 했다. 손님은, 오래전에 결혼을 했지만 곧 이혼했고, 그래서 지금은 독신이라고 말했다.

"어머! 어머! 아영이 너한테도 희망이 있어!"

지영이가 말했다. 아영이는 배시시 웃었다. 아영이뿐만 아니라 다른 여학생들의 얼굴도 밝아지는 것 같았다. 특히, 허순의 얼굴에는 화색이 도는 것 같았다.

"야, 이년들아! 슈가 독신이라는 게 그렇게 좋아?"

석태가 말했다. 그때 저만치 떨어진 곳에 있는 정대는 손님을 향해 정면으로 기관단총을 겨눈 채 쏘아 대고 있었다. 그런 정대의 눈은 손님에 대한 적의감으로 번득이고 있었다. 손님은 그런 정대를 애써 외면했다. 정수는 이 방 저 방을 뛰어다니고 있었다.

유나에게 기회를 주려면 유나가 다시 한 번 손님과 단둘이 있을 수 있도록 사람들이 모두 떠나야 한다고 허도는 생각했다. 사람들이 모두 떠나고 손님과 단둘이 남겨지면 유나는 콩닥거리는 가슴을 진정시키기 위하여 창가로 가 달빛이 부서지는 석촌호를 내다볼 것이다. 창밖을 바라보고 있는 열일곱 살 난 유나의 맵시 있는 뒷모습은 아리땁고 사랑스러울 것이다. 손님은 그녀에게로 다가가 다정스레 어깨 위에 손을 올려놓을 것이고, 파닥거리는 새를 보듬어 잡듯이 등 뒤로부터 그녀를 두 팔로 감싸 안을 것이다. 누가 먼저랄 것도 없이 뜨거운 키스를 하게 될 것이고, 마침내 유나는 저 훌륭한 손님께서 충분히 기쁨을 느낄 수 있도록 아낌없이 자신을 바칠 수 있는 기회를 얻게 될 것이다. 그러나 유나만을 남겨 놓은 채 모두 떠나게 한다는 것이 현실적으로 가능해 보이지 않는다는 생각에 허도는 가슴이 먹먹했다. 나무꾼과 선녀 이야기처럼 샤워를 하느라 벗어 놓았을 유나의 옷을 모두 감추어 버리면 어떨까 하는 생각도 해 보았지만 부질없다고 허도는 판단했다. 손님과 유나를 위해 자신이 해 줄 수 있는 일이 아무것도 없다는 사실에 허도는 슬펐다.

보람이는 이제, 슈 아저씨가 결혼했던 여자가 한국 여자였는지 외국 여자였는지 물었다. 손님은 백인 여자였다고 대답했다.

"당연한 이야기를 왜 물어?"

지영이가 핀잔하듯 보람이에게 말했다.

"자식은 있는지 물어봐 봐."

허순의 질문은 곧 통역되었고, 손님은 딸이 하나 있다고 말했다. 허순은 계속해서 딸은 지금 누구와 사느냐고 물었고, 손님은 자신의 딸은 제 어머니와 함께 살고 있다고 대답했다. 허순은 다시, 이혼한 부인은 아직 재혼하지 않았느냐고 물었고, 이 질문을 받은 손님은 한 차례 양어깨를 으쓱한 뒤, 자신은 이혼한 부인이 어떻게 살고 있는지는 잘 알지 못하지만 아마도 몇 차례 재혼을 했을 거라고 말했다.

"다시 결혼할 생각은 없는지 물어봐 봐."

다시 허순이 물었고, 손님은 잠시 생각한 끝에, 좋은 사람이 있으면 다시 결혼하고 싶다고 말했다. 허순은 계속해서 한국 여자에 대해서 어떻게 생각하느냐고 물었고, 손님은, 한국 여자는 예쁘고 착해서 좋다고 대답했다. 다시 허순은, 그렇다면 한국 여자와 결혼할 생각은 없느냐고 물었고, 손님은 그게 가능하다면 한국 여자와 결혼할 수도 있다고 대답했다. 허순과 손님 사이에 이런 질문과 대답이 오가는 동안 채령은 통역하느라 바빴고, 여학생들은 한 발 물러서서 그들의 질문과 대답을 듣고 있을 수밖에 없었다. 정대는 다시 손님을 향하여 정면으로 기관단총을 겨누고 "팡팡팡팡" 하고 작은 소리로 총을 쏘아 댔다. 손님은 다시 정대를 외면했다. 정수는 양탄자 바닥 위를 뒹굴고 있었다.

그때 뜨거운 물에 샤워를 한 유나가 발그스름한 낯으로 방긋 웃으며 거실로 나왔다.

"어머! 언니 너무 예쁘다!"

보람이가 유나를 올려다보며 말했다.

"그러게 말이야. 첫날밤에 신방 들어가는 새색시 같
애."

선영이가 거들었다. 아닌 게 아니라 뜨거운 물에 샤워
를 하고 드라이기에 긴 생머리를 빗어 말리고 나온 유나
는 예뻤다. 풀어헤쳐진 블라우스 앞섶으로 보이는 그녀의
가슴패기도 유난히 희고 깨끗했다.

"무슨 이야길 그렇게 재미있게 하고 있었어?"

유나는 늦어서 미안하다는 표정으로 지영이의 옆 양탄
자 바닥에 다소곳이 앉으면서 말했다. 지영이는 그런 유
나의 치마를 슬쩍 들쳐 올리며 속삭였다.

"입었어?"

놀란 유나는 지영이의 손을 다급하게 제지하며 말했다.

"왜 그래?"

그때 손님은 허순의 또 다른 질문을 받느라 지영이가
들쳐 올린 유나의 치마 밑, 그 깨끗한 허벅다리를 보지는
못했을 것이다.

"결혼을 한다면 몇 살 먹은 여자를 원하는지 물어봐
봐."

허순이 채령이에게 말했다. 거듭되는 허순의 질문에 다

소 부담을 느끼는 듯 채령이는 잠시 망설이다가 통역했다. 손님은 다시 한 차례 양어깨를 으쓱 들어보이고는, 그런 것에 대해서는 생각한 적이 없다고 말했다. 채령이를 통해 손님의 대답을 들은 허순은 혼잣말처럼 중얼거렸다.

"그래도 삼십 대 중반은 돼야겠지. 딸까지 딸린 이혼남이 그보다 더 어린 거 찾으면 도둑놈이지."

"무슨 이야길 하고 있는 거야?"

유나가 보람이 쪽으로 상체를 쭉 내밀고 물었다. 그런 그녀의 벌어진 블라우스 앞섶 사이로 내보이는 두 개의 하얀 유방은 얇은 여름 브래지어에 싸여 있었다. 보람이는 유나에게 그사이에 오간 이야기들을 요약하여 말해 주었고, 보람이의 말을 듣고 난 유나는 손님에 대한 새로운 정보에 놀라기라도 한 듯 "어머!" 하고 말하며 벌어져 있는 자신의 블라우스 앞섶을 여몄다. 유나는 손님이 딸까지 딸린 이혼남이라는 사실에 속으로 적잖이 충격을 받은 것 같았다.

허도는 걱정스러운 마음을 달랠 길 없었다. 샤워를 하는 동안 몸이 뜨겁게 달아올랐을 유나는 오직 손님을 기쁘게 해 드리기 위하여 첫날밤 신방에 드는 신부처럼 예쁘게 자신을 단장하고 나왔겠지만, 손님이 딸까지 딸린 이혼남이라는 사실을 알게 되면서 갑자기 몸이 확 식어 버렸을지도 모르기 때문이었다. 오늘 밤 손님은 이 많은 사람에게 맛있는 개고기와 술과 과자 따위를 무한히 베풀어 주었건만, 그가 딸이 딸린 이혼남이라는 사실을 알게 되면서 갑자기 식어 버린다면 유나의 몸은 도무지 믿을 수 없는 것이라고 허도는 생각했다.

"이혼녀도 괜찮은지 물어봐 봐."

다시 허순이 채령이에게 말했다. 허순의 이 질문에 손님은 대답하기가 곤란한 듯 잠시 곤혹스러운 표정을 짓고 있다가, 이혼녀도 이혼녀 나름이라고 했다. 그리고 덧붙여, 사랑의 감정은 나이나 외부적 조건과는 무관하게 불쑥 일어날 수도 있는 것이라고 말했다. 허순의 거듭되는 질문에 짜증이 나서 그랬는지는 모르지만 보람이가 불쑥 채령이에게 말했다.

"우리 허순 선생님은 어떤지 물어봐 봐."

허순은 쑥스러운 듯 벌겋게 달아오른 얼굴로 방그레 웃었다. 그러면서도 그녀는 보람이의 질문이 마음에 드는 것 같았다. 채령이가 통역을 하는 동안 허순은 몸 둘 바를 몰라 했고, 정대는 다시 손님을 향하여 총을 겨누고 있었다. 석태는 보람이가 한 질문을 못 듣기라도 한 것처럼 홈 바에 있는 양주 샘플 하나를 마시고 있었다. 채령이를 통해 보람이의 질문을 들은 손님은 말했다.

"쉬 룩스 라이크 마이 마더."

채령이는 굳이 이 말을 통역하지 않았다.

"뭐라고 말했어?"

허순이 채령이를 다그쳤다.

"선생님은 아저씨 어머니를 떠올리게 한대요."

이 말을 어떻게 해석해야 할지 모르겠는지 허순은 잠시 생각에 잠겼다. 잠시 후 그녀는 긴 한숨을 내쉬며 혼자 중얼거렸다.

"너무 늦었다는 말이네, 뭐."

그때 석태가 채령이에게 말했다.

"어떻게 해서 부자가 되었는지나 한번 물어봐 봐."

"부모 잘 만났겠지, 뭐.

허순은 약간 심통이 난 표정과 목소리로 중얼거렸다. 채령이는 석태와 허순의 말을 묶어서 손님에게 물었다. 이 질문을 받은 손님은 잠시 생각한 끝에, 어쩌면 부모를 잘 만났다고 할 수 있을지도 모르겠다고 말했다. 잠시 후 그는 양탄자 바닥 위를 뒹굴고 있는 정수를 손으로 가리켜 보이며, 자신이 "저 아이"만 했을 때 자신의 어머니는 자신을 고아원에 맡기고 재혼을 했다고 말했다. 그리고 자신은 그 후 외국으로 입양되어 갔다고 말했다. 사람들은 모두 놀란 표정들이었다. 통역을 하고 있는 채령이마저도 자신의 귀를 의심하는 것 같았다.

"그럼 아저씨는 본래 한국 사람이었던 거야?"

보람이가 물었다. 손님은 그렇다고 말했다.

"씨팔놈, 그럼 지도 한국 놈이네."

석태가 말했다. 석태의 이 말에 유나는 몹시 당황해하면서 소리치듯 말했다.

"제발 욕 좀 하지 마세요. 슈 아저씨가 들으면 기분이 좋겠어요?"

"듣긴 뭘 들어? 눈뜬장님인데."

그때 기관단총을 든 정대가 손님 앞으로 와 대범하게 손님 코앞에 총을 겨누었다.

"정대야, 그러면 못써."

아영이가 말했다. 손님은 채령이에게, 왜 이 아이들은 잠을 자지 않느냐고 물었다. 손님의 이 질문은 곧 허순에게 통역되었고, 허순은 민망한지 무안해하는 표정으로 배시시 웃을 뿐이었다. 손님은 다시 채령이에게, 지금이 벌써 새벽 한 시가 넘었는데, 한국에서는 이렇게 늦게까지 아이들에게 잠을 재우지 않느냐고 물었다. 그리고 아이들이 잠을 충분히 자지 않으면 성장에 문제가 생길 수도 있다고 말했다. 채령이는 즉시 허순에게 통역했고, 허순은 그때서야 두 아이에게 말했다.

"얘들아, 여기 와서 잠 좀 자."

그러나 정대와 정수는 며칠 밤을 뜬눈으로 새운다 해도 결코 잠을 잘 것 같지는 않았다.

"나중에 한국 부모님은 다시 만났는지 여쭤 봐, 언니."

아영이가 채령이에게 말했다. 그때 석태가 아영이의 말을 가로막으며 말했다.

"그보다도 어떻게 해서 부자가 되었는지나 물어봐 봐."

"양부모 잘 만나 유산 많이 받았겠지."

허순이 다시 심통 난 표정과 목소리로 말했다. 채령이는 누구의 질문부터 통역해야 할지 망설이다가 우선 석태와 허순의 질문을 묶어 질문했다. 채령이의 말을 듣고 난 손님은, 물론 양부모로부터 적지 않은 유산을 상속받기는 했지만 그보다도 대학을 졸업한 뒤 자신이 펀드 매니저를 해서 큰돈을 벌었다고 했다.

"팬다 매니자? 그게 뭔데?"

석태가 물었다. 그러나 그것이 무엇인지 아는 사람은 아무도 없었다. 채령이도 굳이 펀드 매니저가 뭔가 하는 걸 손님에게 묻지는 않았다.

"그래서 얼마나 벌었대?"

다시 석태가 물었다. 채령이는 난처해하는 표정을 짓고 있었다.

"그런 거 알아서 뭐하게요?"

지영이가 석태에게 쏘아붙이듯 말했다. 그때 다시 아영이가 채령이에게 말했다.

"슈 아저씨 한국 부모님은 다시 만났는지 여쭤 봐, 언니."

채령이는 아영이가 한 질문을 손님에게 했다. 손님은 양 어깨를 한번 으쓱하고는 못 만났다고 했다.

"아저씨 너무 불쌍해!"

금방이라도 울음을 터뜨릴 것 같은 표정과 목소리로 아영이가 말했다. 지난봄에 장 목사와 눈이 맞아 어머니가 집을 나갔기 때문에 손님의 이야기가 아영이에게는 남의 일같이 들리지가 않는 것 같았다. 그런 사정을 알 리없는 손님의 눈에는 그런 아영이가 그저 귀엽고 사랑스럽기만 한지 그녀의 뺨을 움켜쥐었다.

"너무 귀여워. 아직 젖살도 안 빠졌어."

손님의 손에 한쪽 뺨이 움켜잡힌 아영이를 보며 선영이가 말했다.

"부모님을 찾아는 보셨어요?"

손님의 손에 한쪽 뺨이 잡힌 채 아영이는 눈물 그렁그렁한 눈으로 입을 일그러뜨리며 물었다. 그런 그녀의 모습이 재미있는지 손님도 하하하 웃었다. 그러나 아영이의

174

집안 사정을 잘 아는 여학생들은 웃지 않았다. 그 대신 지영이가 말했다.

"아영이 얘 오늘 죽이네."

채령이는 방금 아영이가 한 질문을 손님에게 했다. 손님은 생각에 잠긴 표정을 하고 있다가, 이십 년 전에 한국에 와 한 달 동안 서울 시내를 돌아다녔다고 말했다. 그러나 어디에서도 자신의 부모를 찾을 수는 없었다고 했다. 자신이 성공을 한 뒤에는 한국의 고위 관리 한 사람을 만나 부모를 찾아 달라고 부탁했다고 했다. 그리고 금년 봄에 그 고위 관리로부터 연락이 왔다고 했다.

"그래서 찾았대요?"

아영이가 채령이를 다그쳤다. 손님은 쓸쓸한 미소를 지으며 말했다. 찾기는 찾았지만 아버지는 자신이 세 살 때 이미 죽었고, 재혼한 어머니는 삼 남매를 낳고 살다가 몇 해 전에 죽었다고 했다. 그래서 그는 이제 영원히 어머니를 다시 만나 볼 수 없게 되었다고 했다. 손님의 이 말을 들은 아영이의 두 눈에서는 하염없이 눈물이 흘러내리기 시작했다. 유나는 그런 그녀를 보듬어 안고 등을 토닥여 주고 있었다.

"한국에 형제는 없느냐고 여쭤 봐."

보람이가 말했다. 손님은 친형제는 없고 어머니가 재

혼하여 낳은 동복동생들은 있다고 했다. 보람이는 계속해서, 입양 가기 전 한국에 대한 기억은 없느냐고 물었다. 잠시 생각에 잠겨 있던 손님은, 어머니의 얼굴에 대한 희미한 기억과 파란 하늘을 날아다니던 수많은 "레드 드래곤플라이"에 대한 기억이 전부라고 했다. 그러나 레드 드래곤플라이가 뭔지 아는 사람은 아무도 없었다. 그래서 채령이는 손님에게 레드 드래곤플라이가 뭐냐고 물었고, 손님은 만년필을 꺼내어 종이 위에다 그림을 그렸다. 그가 그린 그림은 잠자리였다.

"아하! 고추잠자리!"

지영이가 소리쳤다. 유나는 깊은 탄식을 발하고는 조용히 자리에서 일어나 창가로 다가갔다. 달빛이 쏟아지는 창가에 서서 밖을 내다보고 있는 유나의 뒷모습은 슬픔에 잠긴 것처럼 보였다. 손님의 이야기를 들은 유나도 지금 마음이 아플 거라고 허도는 생각했다. 어머니로부터 버림받고 긴 세월을 눈물로 흘려보냈을 저 가엾은 손님을 위로해 주기 위하여 유나는 자신의 그 아름다운 젖가슴을 풀어 젖이라도 물려 주고 싶은 충동에 사로잡혔을지 모른다고 허도는 생각했다. 허도가 지금, 불쌍한 손님을 달래주기 위하여 굵고 싱싱한 지렁이 몇 마리를 캐내어 손님의 손에 쥐여 주고 싶다는 충동에 사로잡히는 것이나 마찬가지로 말이다. 그러나 양탄자가 깔린 스위트룸에서 허도가 지렁이를 캘 수 없는 것이나 마찬가지로 유나도 지금 많은 사람들이 지켜보는 앞에서 손님에게 젖을 물릴 수 없다는 생각에 가슴이 먹먹할 것이다.

"꼭 뮤직비디오의 한 장면 같다."

달빛이 쏟아지고 있는 창가에 서서 밖을 내다보고 있는 유나의 뒷모습을 가리켜 보이며 선영이가 말했다. 긴 생머리를 늘어뜨린 채 슬픔에 잠긴 모습으로 창밖을 내다보고 있는 유나의 뒷모습은 아닌 게 아니라 아리따웠다.

"유나 언니 허리와 엉덩이 완전 짱이다."

보람이가 말했다. 그러고 보니 유나의 허리는 잘록하고 엉덩이는 둥글고 귀여웠다.

"쉬 이즈 뷰티풀, 이즌트 잇?"

지영이가 유나를 가리켜 보이며 손님에게 말했다. 손님은 잠시 유나의 뒷모습을 바라보다가 말했다.

"예스."

손님도 필시 유나의 잘록한 허리와 둥근 엉덩이를 보았을 거라고 생각하자 허도는 새삼 유나가 자랑스러웠다. 귀여운 엉덩이를 한 유나가 저 훌륭한 손님의 씨앗을 받는다면 능히 잘 잉태할 수 있을 거라고 허도는 마음속으로 생각했다. 자신의 뒷모습을 두고 사람들 사이에 이런 대화가 오가고 있었지만 유나 자신은 정작 그것이 들리지도 않는 것처럼 창밖을 바라보고 있을 뿐이었다.

"슈 아저씨 사는 나라에 우리도 이민 갈 수 있는지 여쭤 봐."

허순이 말했다. 그때 석태가 말했다.

"이민만 가면 뭐해? 일자리가 있어야지."

그래서 허순은 덧붙여 말했다.

"그리고 우리가 이민 가면 먹고살게 해 줄 수 있는지 여쭤 봐."

채령이는 허순의 질문들을 통역했다. 듣고 난 손님은 양어깨를 한 번 으쓱하고는, 이민 갈 수는 있겠지만 어떻게 하면 되는가 하는 문제에 대해서는 자신도 전혀 알지 못한다고 말했다. 그리고 만약 이민을 간다면 일자리를 구해야 할 텐데, 허순과 석태가 무슨 일을 할 수 있는지 물었다. 손님의 이 질문에 허순은 의욕을 보이며 뭐든지 다 할 수 있다고 대답했다. 그러자 손님은 허순이 할 수 있는 일을 좀 더 구체적으로 말해 달라고 했다. 허순은 잠시 생각한 끝에 상업고등학교에서 부기를 배웠기 때문에 경리 일을 할 수 있다고 대답했다.

"그렇지만 경리 일을 하려면 영어를 완벽하게 해야 할 텐데."

지영이가 혼잣말처럼 말했다. 허순은 말문이 막혀 버린 것 같았다. 잠시 후 그녀는 말했다.

"그럼 무용이나 가르치지, 뭐. 그 나라에서는 무용만 가르쳐도 밥은 먹고살 수 있겠지, 뭐."

그녀의 실력으로 외국까지 가서 무용을 가르쳐 먹고 살 수 있으리라는 데 대하여 아무도 믿는 표정이 아니었다. 그때 석태가 말했다.

"나는 슈 아저씨 운전사 하면 되잖아. 슈 아저씨 운전사로 날 취직시켜 줄 수 있는지 물어봐 봐."

손님은 빙긋 웃을 뿐 대답을 하지 않았다. 그때 석태는 몸이 뻐근해져서 몸을 풀기 위해 그렇게 하는 듯 자리에서 일어나 태권도 품새를 하기 시작했다. 그러자 정대도 일어나 석태를 따라 태권도 품새를 하기 시작했다. 손님은 그런 석태와 정대를 멀거니 바라보고 있었다. 손님이 자신을 바라보고 있어서 석태는 더욱 신이 났는지 돌려차기며 이단옆차기를 해 보였다. 학생들은 그런 석태를 다소 걱정스러운 표정들로 지켜보고 있었고, 그때까지도 유나는 그 슬프도록 아리따운 뒷모습을 한 채 달빛이 쏟아지는 창밖을 바라보고만 있었다.

오늘 밤 손님의 씨앗을 받아 잉태할 수만 있다면 유나는 행복할 거라고 허도는 생각했다. 좋은 씨앗을 받아 좋은 아들을 낳은 여자는 행복하고, 허순처럼 나쁜 씨앗을 받아 정대나 정수처럼 나쁜 아들을 낳은 여자는 불행하다고 생각했기 때문이었다. 그런데도 석태 같은 망나니의 씨앗이나 받아들이고 있는 허순을 허도는 도무지 이해할 수 없었다.

한바탕 태권도 시범을 보인 석태는 이제 손님의 눈앞에 팔을 굽혀 팔뚝의 근육을 자랑하기 시작했다. 그런 석태의 모습이 한심했던지 손님은 집게손가락으로 석태의 가슴패기를 콕 찔러 밀어 버렸다. 그런데 그 순간 석태는 "아!" 하고 소리치며 소파 위로 벌러덩 나자빠졌다. 아마도 급소가 찔린 것 같았다. 석태는 자존심이 상했던지 다시 일어나 자신의 근육을 자랑하기 시작했다. 그런 그를 멀거니 바라보고 있던 손님은 문득 손을 내밀어 석태의 손목을 잡았다. 그 순간 석태는 "아!" 하고 소리치며 온몸을 뒤틀었다.

"왜 그래요, 왜? 사람 죽어요!"

석태의 손목을 잡고 있는 손님의 손을 다급하게 잡으며 허순이 비명을 질렀다. 손님은 석태의 손을 놓아주었다. 허순은 겁에 질린 눈으로 손님을 올려다보며 소리쳤다.

"이 사람 이상한 사람이야! 왜 사람을 죽이려고 그래?"

그때까지도 유나는 창밖을 내다볼 뿐 뒤돌아보지 않았

다. 손님은 채령이에게, 오늘 밤 석태가 양고기와 술을 너무 많이 먹었기 때문에 소화불량이 있어서 지금 지압을 해 주지 않으면 근육 마비가 일어날 것이라고 말했다. 이렇게 말한 손님은 자신의 말을 증명해 보이겠다는 듯이 허순 앞에 손을 내밀며, 허순도 지금 건강 상태가 좋아 보이지 않는데, 자신에게 손을 맡겨 주면 다소나마 몸이 좋아지게 해 주겠다고 말했다. 손님의 이 말은 곧 통역되었다. 그러나 허순은 겁먹은 눈으로 손님을 올려다보며 자신의 손을 감추었다.

"이분 말씀에도 일리가 있어. 몸이 좀 좋아진 것 같아."

석태가 허순에게 말했다. 그러나 허순은 믿지 못하는 것 같았다. 그사이에 석태는 손님에게 기가 죽었는지 손님을 "이 새끼"라고 부르는 대신에 "이분"이라고 부르고 있었다.

갑자기 어색해진 분위기를 바꿔 보기 위해서 그렇게 하는 듯 아영이는 홈바에서 맥주 몇 병과 안주를 꺼내 왔다. 그런 그녀에게 선영이가 말했다.

"아영이 너 꼭 이 집 안주인 같다."

선영이의 이 말이 마음에 들었던지 아영이는 쌩긋 웃었고, 그런 그녀를 바라보며 학생들은 까르르 웃음을 터뜨렸다. 그때서야 유나는 돌아와 지영이의 옆에 다소곳이 앉았다. 손님도 다시 기분이 좋아졌는지 양탄자 바닥에 학생들과 무릎을 맞대고 앉아 맥주를 마시기 시작했다. 저편 소파에 모여 앉은 석태와 허순과 허순의 두 아이는 다소 의기소침해져 있었다.

"난 정말 슈 아저씨한테 시집가고 싶어."

아영이가 긴 한숨을 내쉬며 말했다. 여학생들은 숨이 넘어갈 듯이 일제히 까르르 웃음을 터뜨렸다. 그러고는 다투어 아영이가 방금 한 말을 손님에게 통역했다. 그녀들이 하는 말을 듣고 난 손님은 두 팔을 벌려 아영이를 껴안으며 말했다.

"아 올소 아이 러브 유 소 머치."

이렇게 말한 손님은 덧붙여, 아영이가 미성년자만 아니었다면 지금이라도 당장 결혼 신청을 했을 거라고 말했다. 이 말은 곧 채령이에 의해 통역되었고, 채령이의 통역을 들은 여학생들은 "와아!" 하고 일제히 탄성을 질렀다. 아영이는 만족스러운 듯 쌩긋 웃었다.

"아영이는 좋겠다."

유나가 아영이를 건너다보며 말했다.

"야, 안 되겠다. 아영이 넌 오늘 밤 여기서 자."

보람이가 말했다.

"아영이는 좋겠다, 슈 아저씨 옆에서 자면."

다시 유나가 말했다.

"그렇게 좋을 것 같으면 유나 언니가 자지 왜 아영이한테 자라고 해?"

지영이가 말했다.

"이 기집애가……."

유나는 빨갛게 얼굴이 달아올라 지영이의 어깨를 때렸다. 그때 저편 소파에 앉은 석태가 말했다.

"그래, 저 큰 침대에 슈 아저씨 혼자 주무시면 좋겠냐? 아영이 니가 슈 아저씨 옆에서 자. 그리고 아저씨 못 가게 단단히 붙들어."

지영이는 아영이의 젖가슴을 슬쩍 만져 보고는 한심하다는 투로 말했다.

"이거 다 뽕이잖아. 뽕이나 넣고 다니는 젖비린내 나는 애가 뭘 알아야 슈 아저씨를 붙들어 두지. 자다가 아저씨 침대에 오줌이나 싸지 않으면 다행이지."

아영이는 발끈해져서 말했다.

"나도 알 건 다 알아."

지영이는 능청스러운 표정과 목소리로 되받았다.

"니까짓 게 알긴 뭘 안다는 거야? 유나 언니쯤은 돼야……."

"왜 또 나를 끼워 넣어?"

유나는 빨갛게 달아오른 얼굴로 이렇게 말했고, 아영이는 약이 오르는지 숨소리까지 쌔근거리며 지영이를 쏘아보았다. 그런 아영이의 모습이 너무나 재미있는지 학생들은 다시 까르르 웃었고, 영문을 알 리 없는 손님은 아영이의 무릎을 베고 양탄자 바닥에 길게 누웠다. 아영이는 갑자기 흐뭇해졌는지 쌩긋 웃었다. 짧은 청치마를 입고 있어서 가랑이 사이로 노란 팬티가 드러나 보였지만 아영이는 그런 것 따위는 아랑곳하지 않고 자신의 무릎을 베고 누운 손님의 머리를 쓰다듬었다.

"어머! 어머! 아영이 쟤 저러다 오늘 밤에 오줌 싸겠네."

보람이가 말했다.

"아영이는 좋겠다."

유나가 말했다.

"유나 언니, 질투 나지?"

지영이는 이렇게 말하며 재빠른 손길로 유나의 치마를 슬쩍 들쳐 올렸다.

"어머!"

유나는 비명을 지르며 지영이의 어깨를 때리기 시작했다. 그도 그럴 것이, 비록 짧은 순간이라고는 하지만 아영이의 무릎을 베고 누운 손님의 바로 눈앞에서 유나의 치

마는 들쳐 올려졌고, 그 바람에 유나는 치마 밑에 감추고
있던 자신의 그 눈부시게 희고 깨끗한 사타구니와 사타구
니 사이의 폭이 좁은 팬티까지 고스란히 손님 앞에 노출
시키고 말았기 때문이었다.

"엉클 슈! 엉클 슈!"

유나한테 어깨를 두들겨 맞으면서 지영이는 다급하게
손님을 불렀다. 손님은 빙그레 웃으며 말했다.

"오, 푸어 지영! 아이 노, 유나 이즈 배드 걸."

"들었지, 언니? 언니는 나쁜 년이래."

지영이가 말했다.

유나가 나쁜 년은 아닐지 모르지만 생각이 없는 여자
임에는 틀림없다고 허도는 생각했다. 지영이가 유나의 치
마를 들쳐 올렸던 건 유나의 그 하얀 사타구니를 손님에
게 보여 드림으로써 손님을 기쁘게 해 주기 위해서라는
걸 유나는 깨닫지 못하고 있으니까 말이다. 그녀의 사타
구니가 비록 아영이 엄마의 그것처럼 깊고 신비하지는 않
다 할지라도 손님이 보면 충분히 기쁨을 느낄 만하다는
사실을 유나 자신은 모르고 있는 것이 분명했다. 또 지영
이가 했던 말처럼 손님 옆에 누워 자면 좋을 거라는 걸 안
다면 왜 유나 자신이 자지 아영이한테 자라고 충동질을
하는가 말이다. 이래저래 허도는 유나에 대하여 다시 한

번 실망했다. 유나에 비하면 어린 아영이는 얼마나 영특한가 말이다. 손님의 머리를 자신의 무릎에 누이고 있는 모습이 얼마나 어른스러운가 말이다. 물론 아영이는 한계가 있다. 아영이의 젖가슴은 유나의 그것처럼 충분히 부풀어 오르지 않았을 테고, 사타구니의 털은 유나의 그것처럼 풍성하지 않을 테니까 말이다. 그런 아영이가 오늘 밤 손님의 침대에서 잔다면 자다가 오줌이나 싸지 않으면 다행일 것이다. 비록 손님이 자신의 옆에 다소곳이 누운 아영이가 귀여워 뽕을 넣은 브래지어 속으로 손을 밀어 넣는다 할지라도 손님은 그다지 큰 기쁨을 느끼지는 못할 것이다. 게다가 지영이 말처럼 아영이는 아직 젖살도 안 빠진 '아는 것'이 없는 아이이기 때문에 손님이 그녀의 노란 팬티 속으로 손이라도 넣을라치면 갑자기 무서워져서 와들와들 몸을 떨다가 틈을 봐서 요리조리 밤새도록 도망을 다니게 될지도 모르는데, 그렇게 되면 손님은 기쁨은커녕 이혼한 백인 부인과의 사이에서 낳은 딸의 얼굴을 자꾸 떠올리게 될 수도 있는 것이다. 게다가 거대하게 솟구쳐 오른 손님의 물건이라도 보게 되면 어린 아영이는 아예 기절을 해 버릴지도 모를 일이다. 물론, 행실이 바르지 못한 상원 아이들은 대낮에 집단으로 미르모텔에 들어가 그 짓을 하다가 경찰에 발각되기도 하지만, 하원에는 그렇게 되바라진 아이가 아무도 없다. 아영이가 지영이에게 자기도 알 건 다 안다고 허세를 부리기는 했지만, 실제로는 아무것도 모를 것이다. 이런 한계가 있음에도 어린 아영이는 오직 손님을 기쁘게 해 드리기 위하여 감히 손님에게 시집가겠다고 자청하는 것이 얼마나 대견스러운가 말이다. 그리고 손님처럼 훌륭한 남자의 씨앗을 받아 잉태하는 것이 여자에게 얼마나 큰 기쁨인가 하는 걸 아영이는 본능적으로 알고 있는 것이다. 착한 아영이는 착한 남편을 만나 착한 아들을 낳을 것이고, 아영이의 착한 아들은 착한 나라를 세워 착한 백성들을 거느릴 거라고 허도는 속으로 말하고 있었다. 아영이의 착한 남편과 착한 아들과, 아영이의 착한 아들이 세운 착한 나라의 착한 백성들에게 굵은 지렁이 몇 마리씩을 골고루 나눠 주리라고 허도는 마음먹었다.

"이제 가야 될 시간이야. 벌써 새벽 세 시야."

단정한 교복 차림의 선영이가 말했다. 사람들은 모두 떠나기 싫은 눈치였다. 특히, 아영이는 그때까지도 자신의 무릎을 베고 누운 손님의 머리통을 필사적으로 감싸 안으며 소리치듯 말했다.

"안 돼! 안 돼!"

그러나 채령이는 방금 선영이가 했던 말을 손님에게

통역했다. 채령이의 말을 들은 손님은 벌떡 일어나 앉으며, 벌써 시간이 그렇게 되었느냐고 했다. 갑자기 찾아든 작별의 시간 앞에 손님도 학생들도 잠시 멍한 표정들을 한 채 말이 없었다. 그런 그들을 굽어보며 석태가 말했다.

"여기서 자고 싶은 사람 손들어 봐."

그러나 학생들은 서로 얼굴만 쳐다볼 뿐 차마 손을 들지 못하고 있었다.

"언니, 손들어."

지영이가 유나의 손을 잡아 쳐들어 올리며 말했다.

"이 기집애, 왜 이래?"

유나는 빨갛게 달아오른 얼굴로 말했다.

"노아영, 너 손들어."

보람이가 아영이를 향해 말했다. 그러나 아영이는 쌩긋 웃을 뿐 차마 손을 들지는 못했다. 그때 지영이가 말했다.

"그렇게 물으면 누가 손을 들 수 있겠어? 슈 아저씨한테 여쭤 봐. 누가 여기서 잤으면 좋겠는지."

"진실 게임이네."

보람이가 말했다. 채령이는 통역하기가 민망했던지 잠시 머뭇거리고 있었다. 그러나 동료들의 재촉에 못 이겨 마침내 말했다. 채령이의 말을 듣고 난 손님은 빙그레 웃으면서 좌중의 여학생들을 장난기 가득한 표정으로 하나 하나 둘러보기 시작했다. 여학생들은 그런 손님을 예의 주시하고 있었고, 그런 손님이 볼 수 있도록 지영이는 자신의 옆에 앉은 유나를 손가락으로 가리켜 보였다.

"이 기집애, 정말 왜 이래?"

유나는 당황한 표정으로 지영이의 손을 밀어내며 말했다. 여섯 명의 여학생들을 모두 둘러본 손님은 마침내 말했다.

"에브리바디 오아 노바디."

"에이! 그런 게 어디 있어?"

불만에 찬 목소리로 지영이가 말했다.

이제 선영이를 필두로 사람들은 하나둘 자리에서 일어났다. 채령이도 지영이도 보람이도 아영이도 그리고 유나까지도 저마다 아쉬워하는 표정들로 자리에서 일어나 떠날 채비를 하고 있었다. 허순은 채령이에게 남은 술과 음식은 가져가도 되겠는지 손님에게 물어보라고 했다. 허순의 이 질문을 채령이는 손님에게 통역했고, 손님은 "오브 코스!" 하고 대답했다. 허순은 학생들을 시켜 남아 있는 음식과 술이 담긴 봉지들을 들고 가자고 했다. 아영이는 빈 맥주병과 흩어져 있는 과자 봉지를 따로 검은 봉투에 담았다. 그리고 혹시 흐트러져 있는 것이 없는지 침실과 거실을 마지막으로 한 차례 둘러보았다.

방을 나가기 전에 석태는, 서울 가는 고속버스는 열 시 반에 있는데, 아침 아홉 시 반까지 자신이 차를 몰고 와서 손님을 태우고 차부까지 모셔다 드리겠다고 했다. 채령이의 통역을 통해 석태가 한 말을 듣고 난 손님은, 여기서 택시를 부르면 될 텐데 굳이 그렇게까지 수고를 끼치고 싶지 않다고 했다. 그러자 허순이 말했다.

　"그게 무슨 수고인가요? 차부까지 모셔다 드리는 건 당연하지요."

　손님도 이제 어쩔 수 없다고 판단한 듯, 그럼 아홉 시 반에 기다리겠다고 했다. 그러자 아영이가 말했다.

　"나도 석태 아저씨 차 타고 같이 올 거야. 여기서 그냥 헤어지는 건 너무 섭섭해."

　"학교는 어떡하고?"

　보람이가 물었다.

　"학교 하루 빼먹지, 뭐."

　"노아영 이년 완전 맛이 갔군."

　"자, 그럼 아침에 내 차 타고 슈 아저씨 배웅해 드리러 올 사람 손들어 봐."

　석태가 소리쳤다. 아영이가 번쩍 손을 들었다. 통역을 해야 하는 채령이도 손을 들었다. 단정한 교복 차림의 선영이도 손을 들며 말했다.

"나도 학교 하루 빼먹을 거야."

"어머! 어머! 선영이 저년도 맛이 갔나 봐."

보람이가 손을 들며 말했다.

"나도 학교 빼먹을래."

그러나 석태가 보람이를 제지하며 말했다.

"안 돼! 안 돼! 차에 더 이상 자리가 없어. 아영이, 채령이, 선영이, 허순 선생님 그리고 나, 이렇게 다섯 사람이면 딱 됐네."

뒤늦게 손을 들었던 보람이는 서운해서 견딜 수 없다는 표정과 목소리로 말했다.

"어머! 그럼 여기서 이렇게 슈 아저씨랑 헤어지는 거야?"

이제 사람들은 하나둘 호텔 방을 빠져나가고 있었다. 유나마저도 방을 나서고 있었다. 허도는 몹시 상심했다. 그 맛있는 개고기와 술과 과자 따위를 무한히 베풀어 준 손님을 혼자 버려두고 떠나는 유나가 너무나 야속했다. 생각만 같았으면 유나의 신발이라도 빼앗아 버리고 싶은 심정이었다. 그러나 허도의 팔과 다리에는 힘이 없었다.

그런데 그때였다. 손님이 허도의 손을 덥석 잡았다. 허도는 깜짝 놀라 돌아보았다. 그런 허도에게 손님은 눈짓을 해 보이며 작은 소리로 "컴 온! 컴 온!" 하고 말했다.

허도는 겁먹은 표정으로 손님에게 이끌려 침실로 들어갔다. 손님이 주무실 침실은 넓고 조용했다. 이 넓은 방에 손님을 혼자 두고 가는 유나가 야속했다.

침실 안으로 허도를 데리고 간 손님은 주머니에서 오만 원짜리 지폐 다발을 꺼내어 들었다. 그리고 그중에서 스무 장을 헤아려 허도의 손에 쥐여 주었다. 놀란 눈으로 바라보고 있는 허도에게 손님은 말했다.

"아무한테도 말하지 마."

"저는 돈이 필요 없어요."

이렇게 말하며 허도는 손님이 쥐여 주는 돈을 되돌려 주려고 했다. 그러자 손님은 허도의 손에서 돈을 받아 흙 묻은 허도의 바지 주머니에 쑤셔 넣으며 말했다.

"캐고기 먹어."

이렇게 말한 손님은 허도의 등을 가볍게 떠밀었다. 손님의 손에 떠밀려 침실을 나오면서 허도는, 자신은 고욤나무 밑의 지렁이만 먹어도 살 수 있다고 말해 줘야 한다고 생각했다. 이 생각을 하느라 그는 방금 손님이 영어가 아닌 한국말로 말했다는 사실은 미처 깨닫지 못하고 있었다. 그리고 그때, 기관단총을 든 정대가 침실에 딸린 욕실에 숨어서 이 모든 광경을 지켜보고 있었다는 사실도 깨닫지 못하고 있었다.

호텔 앞뜰에 나가 보니 달은 어느새 호수 저편으로 기울어져 있었다. 아영이, 지영이, 보람이, 선영이, 유나 그리고 손님은 서로 어깨동무를 하고 서서 기울어져 가는 달을 바라보고 있었다. 그때 석태가 채령이에게로 와서 말했다.

"봉고차 비용 이십만 원인데 내가 간신히 디스카운트 해서 십칠만 원에 쇼부 봤어."

채령이는 손님에게 석태가 한 말을 통역했다. 손님은 주머니에서 오만 원짜리 지폐 넉 장을 꺼내어 채령이에게 건네주며, 거스름돈은 팁으로 주라고 했다. 채령이는 손님이 준 오만 원권 넉 장을 석태에게 건네주면서 방금 손님이 한 말을 해 주었다. 석태는 흡족한 표정으로 운전사에게로 갔다. 물론 석태는 그 넉 장의 오만 원권 지폐 중 두 장만을 운전사에게 주었다. 운전사도 흡족한 표정이었다.

사람들은 이제 봉고차에 올랐다. 유나마저도 봉고차에 올랐다. 차 밖에 혼자 남은 손님은 손을 흔들고 있었고, 차는 출발했다. 석촌호를 떠난 차가 하원을 향하여 가는 동안 차 안의 사람들은 아무 말 하지 않았다. 유나도 멍한 눈으로 어두운 차창 밖을 바라보고 있을 뿐이었다.

5

날이 밝자 더 없이 청명한 가을 아침이 찾아왔다. 석태의 택시는 여덟 시 오십 분에 벌써 석촌호 가를 달려 호텔로 향하고 있었다. 그가 운전하고 있는 택시 앞자리에는 허순이 앉아 있었고, 허순의 무릎에는 커다란 로봇을 손에 든 정수가 앉아 있었다. 그리고 뒷자리에는 교복을 차려입은 채령이와 유나가 앉아 있었다. 단정한 교복 차림에 머리까지 두 가닥으로 묶고 있어서 그녀들은 갑자기 어려 보였다. 그런 그녀들의 하얀 여름 교복 윗도리 왼쪽 가슴 위에는 하얀 아크릴판에 파란 글씨로 '류채령', '서유나'라고 새겨진 명찰이 붙어 있었다. 아마도 아침 일찍 학교에 갔다가 외출 허가를 받고 나온 것 같았다. 그녀들의 옆에는 기관단총을 든 정대가 앉아 있었고, 정대의 옆에는 폐결핵에 걸린 허도가 곤혹스러운 표정을 한 채 구석에 웅크리고 있었다. 아영이와 선영이는 타고 있지 않았다.

"아영이는 왜 못 온대?"

채령이가 유나의 귓전에다 대고 작은 소리로 물었다.

"말을 못하는 걸로 봐서 진짜 오줌 싼 거 같애."

"설마?"

새벽 세 시 반이 되어서야 집으로 돌아간 아영이는 곧 잠자리에 들었을 것이다. 그러나 통 잠이 오지 않았을 것이다. 자신의 무릎을 베고 누운 슈 아저씨의 모습이 자꾸만 떠올랐기 때문일 것이다. 슈 아저씨가 자신의 무릎을 베고 누웠다는 사실이 너무 신기하기도 하고 재미있기도 해서 혼자 키득키득 웃기도 했을 것이다. 그런가 하면 수영을 하고 나와 벌컥벌컥 맥주를 마실 때 훔쳐본 아저씨의 그 '장난 아닌 것 같은' 물건이 자꾸 눈앞에 어른거렸을 것이다. 아영이는 그것을 자꾸 떠올리고 있는 자신을 스스로 질책하기도 했을 것이다. 엄마를 닮아서 자신도 음탕하고 더러운 년이라고. 그럼에도 불구하고 그녀의 눈앞에는 다시금 물에 젖은 팬티가 윤곽을 드러내고 있던 아저씨의 그 늠름한 물건이 떠올라 아영이는 숨이 가

빠 왔을 것이다. 그리고 마침내는 자신도 모르는 사이에 팬티 속으로 손을 밀어 넣었을 것이다. 축축하게 젖은 자신의 사타구니 사이를 헤집고 있던 아영이는 갑자기 덜컥 겁이 났을 것이다. 그래서 벌떡 일어나 앉았을 것이다. 이렇게 잠을 설치던 그녀는 날이 훤하게 밝아 올 무렵에서야 깜박 잠이 들었을 것이고, 꿈결에 자신의 무릎을 베고 누운 슈 아저씨의 머리통을 유나 언니가 볼 수 없도록 자신의 치마로 덮으려 했을 것이다. 그러나 그녀가 입고 있는 짧은 청치마로는 슈 아저씨의 커다란 머리통을 덮기가 쉽지 않았을 것이다. 슈 아저씨의 머리를 자신의 작은 청치마 속 가랑이 사이로 밀어 넣으려고 애쓰고 있을 때 아영이는 그만 걷잡을 수 없이 오줌을 싸기 시작했을 것이다. 깜짝 놀란 그녀가 벌떡 자리에서 일어나 앉겠지만 이미 늦어 있었을 것이다. 요와 이불이 온통 오줌으로 축축하게 젖어 있었을 것이다. 오줌을 싼 자신이 너무나 창피해서 아영이는 정말이지 목이라도 매달고 싶은 심정이었을 것이다. 여덟 시가 다 되어서야 그녀는 유나 언니에게 전화했을 것이다. 대신 좀 가 달라고.

한편, 단정한 교복 차림의 성실하고 얌전한 선영이는 정확히 여덟 시 반에 우체국 앞으로 나갔다. 그러나 석태 아저씨의 차에는 이미 자리가 없었다. 차 안에는 허순 선생님과 채령 언니는 말할 것도 없고 유나 언니와 커다란 로봇을 든 정수와 기관단총을 든 정대 그리고 폐결핵을 앓고 있는 허도까지 타고 있었던 것이다.

"선영이 넌 자리가 없어 안 되겠다."

망연자실한 표정으로 서 있는 선영이를 향하여 석태는 이렇게 소리치고는 차를 출발시켰던 것이다. 멀어져 가는 택시의 뒷모습을 멍청히 바라보고 섰던 선영이는 발길을 돌려 학교 쪽으로 걸음을 재촉했다. 이렇게 해서 아영이와 선영이는 석태의 택시를 탈 수 없었던 것이다.

석태의 택시가 호텔 앞에 멈춰 서자 허순은 헐레벌떡 호텔 안으로 달려 들어갔다.

"703호 손님을 찾아왔어요."

데스크를 지키고 있는 남자에게 달려가 허순이 말했다.

"스위트룸에 묵었던 모자 쓴 손님 말이죠? 방금 체크아웃하고 나가셨어요."

남자의 옆에 서 있던 젊은 여자가 말했다.

"그럴 리가 없어요. 아홉 시 반에 여기서 만나기로 했단 말예요. 아직 아홉 시도 안 됐어요."

허순이 말했다.

"잠깐 기다려 보세요."

데스크의 젊은 여자는 이렇게 말하고 컴퓨터 자판을

두드렸다. 그리고 말했다.

"분명히 여덟 시 반에 체크아웃하셨어요."

허순은 울상이 되어 말했다.

"그럴 리가 없어요. 방에 전화라도 한번 해 보세요."

데스크의 남자가 수화기를 집어 들고 버튼을 눌렀다. 허순은 수화기를 들고 있는 남자를 초조한 표정으로 올려다보고 있었다. 잠시 후 남자는 수화기를 내려놓으며 말했다.

"아무도 안 받아요."

뒤따라 호텔 로비 안으로 들어서는 석태와 채령이와 유나를 향하여 허순은 금방이라도 울음을 터뜨릴 것 같은 표정으로 소리쳤다.

"벌써 나갔대!"

석태와 채령이와 유나는 망연자실한 표정을 지었다. 커다란 로봇과 기관단총을 손에 든 정수와 정대는 호텔 로비 여기저기를 뛰어다니고 있었다. 정대와 정수는 정말 잠을 자지 않는 아이인 것 같았다.

"뭐야 씨팔! 아홉 시 반에 만나기로 했는데 벌써 가면 어떻게 해?"

석태가 말했다.

"혹시 커피숍이나 레스토랑에 계실지 모르니 한번 가

보시죠."

데스크의 남자가 말했다. 그런 그에게 데스크의 젊은 여자가 말했다.

"아냐. 나가셨어. 조그마한 가방 둘러메고 나가시는 거 봤어."

그녀의 이 말에도 아랑곳하지 않고 허순은 커피숍을 향하여 달려갔다. 커피숍을 둘러본 허순은 다시 레스토랑 안을 둘러보았다. 그리고 맥 빠진 얼굴로 돌아왔다.

"갔어! 간 거 같아!"

허순이 말했다.

"할 수 없지, 뭐."

석태가 말했다. 그리하여 사람들은 로비의 회전문을 타고 밖으로 나갔다.

"썹새끼, 완전 물먹였네."

호텔 밖으로 나온 석태는 분을 못 이기는 표정과 목소리로 말했다.

"그렇지만 아홉 시 반에 만나기로 약속했잖아요. 아직 아홉 시밖에 안 됐는데 좀 더 기다려 봐야죠."

채령이가 말했다.

"기다리면 뭐해? 그 새끼 벌써 튀었어."

이렇게 말하고 난 석태는 저만치 세워 둔 택시를 향하

여 걸어가기 시작했다.

그런데 그때였다. 유나가 폴짝폴짝 제자리 뛰기를 하면서 소리쳤다.

"슈 아저씨 저기 있다!"

"어디? 어디?"

채령이는 유나가 보고 있는 쪽을 바라보면서 물었다. 그러고 보니 눈부신 아침 햇살이 쏟아지고 있는 호숫가 저만치 중절모를 쓴 손님이 쓸쓸한 모습으로 혼자 산책을 하고 있었다.

"슈 아저씨!"

반가워서 어쩔 줄을 모르겠는 듯 유나는 교복 치마 밑으로 드러나는 하얀 두 종아리로 계속해서 폴짝폴짝 뛰었다. 그러던 그녀는 마침내, 저만치 걸음을 멈추고 서서 이쪽을 향해 손을 흔들고 있는 손님을 향하여 내달리기 시작했다. 그 콧대 높던 유나가 체면도 잊은 채 저렇게 달려가는 것으로 보아 유나도 손님에게 미안한 마음이 들었을 거라고 허도는 생각했다. 저 훌륭한 손님을 혼자 주무시게 했으니 말이다. 그래서 그랬겠지만 손님에게로 달려간 유나는 손님의 목을 두 팔로 끌어안으며 손님의 품에 안겼다. 그러고는 다정스러운 연인처럼 손님의 팔짱을 낀 채 무어라 재잘거리면서 이쪽으로 걸어오고 있었다. 그런 그녀의 모습을 보면서 허도는 유나도 이제 철이 좀 드는 것 같다고 생각했다. 그러나 손님이 떠나려고 하는 이 아침에 저러면 뭐하나 하는 생각에 허도는 속이 상했다.

"굿모닝, 미스터 슈!"

채령이는 통역자로서의 태도를 끝까지 잃지 않으려고 그렇게 하는 듯 유나처럼 체면 없이 손님의 품에 안기지는 않았다. 그런 채령이에게로 다가와 손님은 가볍게 안아 주면서 말했다.

"굿모닝, 차이룽!"

그리고 손님은 두 여학생의 왼쪽 가슴에 똑같이 붙어 있는 명찰을 재미있다는 듯이 들여다보며 읽었다.

"류우 차이 룽, 소우 유 나."

그러던 그는 문득 고개를 들어 허공을 쳐다보고 있었다. 그러고 보니 파란 가을 하늘을 배경으로 수많은 고추잠자리들이 어지럽게 날아다니고 있었다.

"레드 드래곤플라이!"

채령이가 말했다. 그러나 손님은 꿈꾸는 듯한 눈으로 고추잠자리들의 비행을 바라볼 뿐 한동안 말이 없었다. 그러던 그는 더없이 쓸쓸한 표정과 목소리로 말했다.

"예스. 새드 메모리즈 오브 마이 차일드후드."

그때서야 석태와 허순이 헐레벌떡 뛰어왔다. 그들을 따

라 두 아이도 달려왔다.

"헤이, 미스터 슈! 굿모닝!"

석태가 손님 앞에 손을 내밀면서 말했다. 그러나 허순은 경황이 없었던지 미처 무어라 인사도 하지 못하고 있었다.

사람들은 모두 호텔 커피숍으로 가 자리를 잡았다. 허도는 들어가지 않겠다고 했지만 허순은 반강제적으로 허도를 끌고 가 테이블 한쪽 구석 자리에 앉혔다.

허도의 출현에 손님은 내심 의아해하는 표정이었다. 맞은편에 앉은 허순은 어떻게 이야기를 시작해야 할지 모르겠는지 잠시 생각에 잠겨 있었다. 유나와 채령이는 그러나 이제 벌어질 상황이 어떤 것인지 눈치채지 못하는 것 같았다.

"간밤에 얘한테 돈을 줬다는 게 사실인가요?"

마침내 허순은 허도를 가리켜 보이며 손님에게 물었다. 허도는 죄지은 사람처럼 고개를 숙이고 있었다.

"선생님, 지금 무슨 말씀을 하시는 거예요?"

채령이가 허순에게 물었다. 그러나 채령이의 이 질문은 무시한 채 허순은 통역하라고 다그쳤다. 곤혹스러운 표정을 짓고 있던 채령이는 허순이 방금 한 말을 통역했다. 채령이의 통역을 듣고 난 손님은 "이예스?" 하고 대답했고,

채령이는 이 말을 "그런데요?" 하고 통역했다. 허순의 등 뒤에는 기관단총을 든 정대가 지키고 서 있었다.

"얼마를 주셨어요?"

다시 허순이 손님에게 물었다. 손님은 양어깨를 으쓱할 뿐 대답을 하지 않았다. 그때 기관단총을 든 정대가 말했다.

"백만 원이야. 내가 똑똑히 봤어."

채령이는 차마 이 말을 통역할 수가 없었다. 허도는 고개를 푹 숙이고 있을 뿐이었다.

"왜 주셨어요?"

허순이 다그쳤다. 허순의 이 질문에 손님은 잠시 생각에 잠겨 있었다. 그러던 그는, 왜 주면 안 되느냐고 되물었다. 이 질문은 채령이에 의해 즉시 통역되었고, 허순은 갑자기 말문이 막혀 버린 듯 비굴하게 웃었다. 그러던 그녀는 문득 생각났다는 듯이, 왜 허도에게는 백만 원이나 주면서 자기에게는 안 주느냐고 물었다. 듣고 있던 유나와 채령이는 참담한 표정을 지었다. 허순이 하는 말을 알아듣지 못했을 손님은 그러나 무덤덤한 표정을 하고 있을 뿐이었다.

"얘한테는 돈을 줘도 아무 소용이 없단 말이에요. 얘는 돈만 주면 자기 형수한테 갖다 바친단 말이에요. 백만 원이나 되는 큰돈을 말이에요. 그 돈을 차라리 나한테 줬더라면 내가 얘를 위해서 썼을 거 아니에요?"

허순은 원망에 찬 목소리로 이렇게 말하고 있었다. 채령이는 허순이 한 말을 요약하여 손님에게 말해 주었다. 채령이의 통역을 듣고 난 손님은, 허도가 누구에게 주든 그건 자신이 상관할 바 아니라고 했다. 손님의 이 말에 허순은 화가 머리끝까지 치밀어 오르는 것을 억누르는 표정으로 말했다.

"그럼 왜 얘한테만 돈을 주고 나한테는 안 주나요?"

채령이는 차마 통역할 수 없었는지 아무 말 하지 않았다. 그런 그녀에게 허순은 통역하라고 다그쳤다. 그래서 채령이는 허순의 말을 통역할 수밖에 없었다. 듣고 난 손님은 허허 웃을 뿐 대답을 하지 않았다. 그리고 시계를 들여다보았다.

"대답해 보세요! 왜 얘한테만 돈을 주고 나한테는 안 주는지."

이렇게 말하는 허순의 얼굴에는 잠을 제대로 자지 못해서 그런지 병색이 완연했다.

"선생님, 차 시간 늦겠어요."

보다 못한 유나가 허순에게 말했다. 허순은 참담한 표정으로 입을 다물었다. 그때까지 지켜보고만 있던 석태가 채령이에게 말했다.

"이 말은 슈한테 꼭 전해. 어제저녁에 슈가 와서 내가 일을 못 나갔어. 그러니 반나절 일당은 받아야 될 거 아냐. 그리고 오늘 아침 여기까지 와 픽업해서 차부까지 가는 택시비도."

듣고 있던 유나가 말했다.

"석태 아저씨, 너무하는 거 아니에요?"

"너무하긴 뭐가 너무해, 이 씨팔년아!"

유나는 참담한 표정이 되어 입을 다물었다. 어찌해야 할지를 몰라 하던 채령이는 결국 석태가 하는 말을 손님에게 전했다. 듣고 난 손님은 "하우 머치?" 하고 물었다.

"반나절 일당 십만 원, 오늘 아침 택시비 오만 원."

손님은 주머니에서 오만 원짜리 지폐 석장을 꺼내어 채령이에게 건네주었다. 그리고 자리에서 일어났다.

사람들은 이제 호텔 앞뜰에 세워 둔 석태의 택시로 갔다. 그러나 석태의 택시는 여덟 명이나 되는 사람이 다 타기에는 턱없이 비좁았다. 처음에는 앞자리 조수석에 손님 혼자 앉히고 남은 여섯 명은 모두 뒷자리에 끼여 타 보려고 했다. 그러나 두 아이가 너무 번잡해서 두 여학생은 끼여 탈 여유가 없었다. 보고 있기가 딱했던지 손님은 두 아이 중 하나를 앞으로 보내면 자신의 무릎에 앉히겠다고 했다. 그러나 정수도 정대도 손님 무릎에 앉는 것을 결사적으로 거부했다. 그래서 결국 두 아이를 안고 허순이 앞자리에 앉고 손님은 뒷자리에 타기로 했다. 뒷자리 맨 안쪽에 허도가, 허도 옆에 유나가, 유나 옆에 손님이, 손님 옆에 채령이가 자리를 잡게 되었다. 그때서야 차문이 닫혔다. 석태는 거칠게 차를 출발시켰다.

"아이엠 쏘리."

차가 출발하고 한참 지난 뒤에서야 채령이가 손님에게 말했다.

"와이?"

손님이 물었다. 채령이는 어떻게 말해야 할지 모르겠는지 잠시 아무 말 하지 못하고 있다가, 슈 아저씨가 이번에 하원에 와서 너무 많은 돈을 쓴 것 같아서라고 말했다. 이 말을 들은 손님은 하하하 웃었다. 그리고 그다지 많은 돈을 쓰지는 않았으니 괘념하지 않아도 된다고 말했다. 잠시 후 채령이는 긴 한숨을 내쉬고, 자신은 사람들이, 한국 사람들이 왜 이러는지 모르겠다고 말했다. 그러자 손님은 다시 하하하 웃으며, 한국 사람뿐만 아니라 세상 모든 나라의 사람이 다 똑같다고 말했다. 이렇게 말한 손님은 몇 해 전에 자신이 에스토니아 어느 시골 마을을 방문했을 때 겪었던 일화를 이야기하기 시작했다.

손님과 채령이 사이에 오고가는 영어를 알아듣지 못해서 그랬겠지만 유나는 다소 멍한 표정으로 아무 말 하지 않고 있었다. 어쩌면 그녀는 이제 곧 손님과 헤어져야 하는 것을 섭섭해하고 있는지 모른다고 허도는 생각했다. 손님과 헤어지기가 섭섭하다면 유나는 그냥 섭섭해하지만 말고 조금이라도 손님과 몸을 밀착시킴으로써 자신의 따뜻한 체온을 손님으로 하여금 느낄 수 있도록 해 드리는 것이 손님에 대한 도리일 것이다. 이런 생각을 하던 허도는 몸을 뒤척이며 몸부림을 쳤다.

"너무 끼이나요?"

유나는 허도를 돌아보며 말했다. 허도는 고개를 끄덕였다. 그러자 유나는 손님 쪽으로 바짝 몸을 밀착시켰다.

"아직도 끼이나요?"

유나는 다시 허도를 돌아보며 말했고, 허도는 다시 고개를 끄덕였다. 유나는 손님의 왼쪽 허벅지에 자신의 오른쪽 허벅지가 밀착되고, 손님의 왼쪽 팔뚝에 자신의 오른쪽 젖가슴이 밀착될 만큼 손님에게 바짝 몸을 붙였다. 이제 손님은 유나의 몸에서 전해 오는 따뜻한 체온을 어느 정도 느낄 수 있을 것이고, 자신의 왼쪽 팔뚝에 밀착된 그녀의 탱탱하고 둥근 젖가슴의 촉감을 느낄 수 있을 것이다. 만약 그녀가 하얀 여름 교복 셔츠 속에 어제 입었던 것과 같은 얇은 여름 브래지어를 하고 있다면, 손님은 왼쪽 팔뚝을 스치는 유나의 오똑한 오른쪽 젖꼭지의 촉감도 충분히 느낄 수 있을 것이다. 그리고 그녀의 몸에서 나는 풋풋한 처녀의 향기를 맡을 수도 있을 것이다.

"이제 괜찮아요?"

손님과 몸을 밀착시키고 있던 유나가 빨갛게 달아오른 낯으로 쌩긋 웃으며 핼끔 허도를 돌아보았다. 손님과 몸을 밀착시키고 있는 동안 유나도 손님의 체온을 느끼고 있는 것 같았다. 그때 석태가 거칠게 커브 길을 돌았고, 그 바람에 유나는 "어머!" 하고 소리치며 손님의 목을 오른팔로 감으며 매달렸다. 그 바람에 교복 치마가 들쳐 올라가 하얀 허벅다리가 고스란히 드러났지만 유나는 전혀 의식하지 못하는 것 같았다. 손님은 자신의 목에 매달리는 유나가 귀엽고 사랑스러운 듯 다정한 눈길로 그녀의 얼굴을 들여다보며 씽긋 웃었다. 그러고는 유나가 몸의 균형을 잃지 않도록 그녀의 허리를 왼팔로 휘감아 붙잡아 주었다. 오른편에 채령이가 앉아 있지 않았다면 손님은 유나를 좀 더 단단히 붙잡아 주기 위하여 오른손으로는 그녀의 가랑이 사이로 손을 넣어 눈부시게 흰 오른쪽 넓적다리도 붙잡아 주었겠지만, 채령이가 있어서 차마 그렇게까지 해 주지는 못했을 것이다. 석태는 또 다른 커브 길을 거칠게 돌았고, 유나는 이제 상체를 손님의 품에 내맡길 수밖에 없었다. 들쳐 올려진 교복 치마 밑으로 하얀 허벅다리를 고스란히 드러낸 채 손님의 품에 안긴 자세로 유나는 꼼짝하지 않았다. 석태가 이렇게만 운전해 준다면 오만 원이라는 터무니없는 택시 요금도 아깝지 않겠다고 허도는 생각했다. 그리고 어젯밤 석촌호 바위섬 뒤에서 진작 이렇게 해 드렸더라면 유나는 떠나가는 손님에게 미안한 마음이 덜 들었을 거라고 허도는 생각했다. 어쨌든 유나에게도 고욤나무 밑의 굵은 지렁이 두어 마리를 줘야겠다고 허도는 생각했다.

석태의 택시는 차부에서 멈추었고, 사람들은 차에서 내렸다. 손님과 유나는 차에서 내리는 것이 아쉬운 듯 보였다.

"미스터 슈, 즐거웠어?"

석태가 손님에게 물었다. 채령이는 석태의 이 말을 통역하지 않았다. 그녀는 이 불편한 택시로 슈 아저씨를 모시면서 오만 원이라는 바가지를 씌운 것에 대하여 단단히 화가 나 있는 것 같았다. 채령이의 통역이 없었음에도 손님은 석태가 한 말을 알아듣기라도 한 것처럼 말했다.

"베리 머치."

손님이 말했다.

"베리 머치라니 다행이네."

석태가 말했다. 약간 흐트러진 머리를 한 유나는 빨갛게 상기된 얼굴로 변명하듯 채령이에게 말했다.

"롤러코스터 타는 것 같았어."

이제 석태는 일하러 가야 하니까 여기서 작별하자고 하면서 손님에게 손을 내밀었다. 손님은 그런 그와 악수를 하는 대신 뜨겁게 포옹을 해 주며 말했다.

"땡큐! 땡큐 베리 머치!"

석태는 손님에게 또 오라는 말을 남기고 자신의 택시를 몰고 떠났다. 석태가 떠난 뒤에도 손님은 잠시 그 자리에 서서 홀린 듯한 눈으로 허공을 바라보고 있었다. 하늘에는 무수히 많은 고추잠자리들이 날아다니고 있었던 것이다.

차 시간이 되려면 아직 여유가 있었기 때문에 손님과 채령이와 유나와 허순은 대합실 벤치에 앉아 있었다. 정대와 정수는 대합실 안 여기저기를 뛰어다니고 있었고, 허순은 이제 무슨 말을 어떻게 해야 할지 모르겠다는 표정으로 손님을 약간 외면한 채 앉아 있었다. 약간 흐트러진 머리를 한 유나는 택시를 타고 오는 동안 달아올랐던 몸이 아직도 채 식지 않았는지 약간 벌어진 입술을 한 채 멍한 눈을 하고 있었고, 채령이는 터무니없이 손님의 돈을 갈취해 간 석태에 대한 분노가 채 가라앉지 않았는지 뾰로통한 얼굴을 하고 있었다. 그리고 손님은 뭔가 깊은 생각에 잠긴 얼굴을 하고 있었다. 오랜 침묵이 흐른 뒤에서야 허순이 채령이를 향해 입을 열었다.

"어젯밤에 저분이 우리 석태 씨를 어떻게 했는지 한번 물어봐 봐."

그러나 채령이는 허순의 이 말이 무슨 말인지 이해하지 못하는 것 같았다. 그래서 허순은 다시 한 번 말했다.

"어젯밤 호텔 방에서 저분이 석태 씨 손목을 잡고 이상한 무술 같은 거 했잖아. 석태 씨가 아주 괴로워했던……."

그때서야 채령이는 알아들은 것 같았다. 그러나 이걸 어떻게 통역해야 할지 모르겠는지 잠시 생각에 잠겨들었다. 그러던 끝에 채령이는 손님에게 말했다. 채령이의 말을 귀담아듣고 난 손님은, 어젯밤에 자신이 석태에게 한 것은 무술이 아니라 일종의 지압 같은 것이라고 말하고, 석태는 어젯밤에 양고기와 술을 너무 많이 먹어서 양고기와 술의 독성 때문에 근육 마비가 일어날 수 있어서 그런 지압을 해 주었던 거라고 말했다. 듣고 난 허순은 다시 말했다.

"무술이 아니면 마술이겠지. 간밤에 석태 씨는 한숨도 자지 못했단 말이야. 그게 아무래도 저분이 한 이상한 마술 때문인 것 같아."

난처한 표정으로 듣고 있던 채령이는 허순이 한 말을 통역했다. 그러자 손님은 빙그레 웃으며, 만약 자신이 어젯밤 석태에게 그 지압을 해 주지 않았다면, 석태는 근육마비 증세로 병원에 실려 갔을지도 모른다고 말했다. 허순으로서도 이제 더 이상 어쩔 수 없다는 표정이었다. 석태에게 이상이 있다는 것을 증명하는 진단서를 끊어 온 것도 아니니까 말이다.

이제 네 사람 사이에는 어색한 침묵이 흘렀다. 오랜 침묵 끝에 허순은 손님을 향해 직접 말했다.

"고마워요. 이 촌구석까지 우리를 방문해 주셔서요. 우리 무용단 학생들에게는 정말 고마운 일입니다. 제 동생한테는 백만 원이라는 큰돈도 주셨고요. 사실 제 동생은 오래전부터 폐결핵을 앓고 있어요. 제대로 먹지도 못하니 약을 써도 통 듣지 않습니다. 제 동생은 앞으로 몇 달 살지도 못할 거예요. 제 동생이 얼마나 불쌍했으면 돈을 줬겠어요? 정말 고맙습니다."

채령이는 허순의 말을 잠시 중단시키고 지금까지 한 말을 통역했다. 듣고 있던 손님은 말없이 고개를 끄덕였다. 채령이의 통역이 끝났을 때 허순은 계속했다.

"그런데 사실은 저도 심한 병을 앓고 있답니다. 몇 년

전에 유방암 수술을 받았거든요. 물론 아직까지는 괜찮지만 언제 다시 암이 재발할지 모르는 실정입니다. 만약 암이 재발하여 제가 죽게 되면 저 아이들은 고아원에 보내지겠지요. 그런 걸 생각하면 제가 오래 살아야 하는데 그러려면 제 몸을 잘 보존해야 한답니다."

여기까지 말한 허순은 채령이에게 지금까지 한 말을 통역하라고 하고 손수건을 꺼내어 눈물을 훔쳤다. 채령이는 통역하고 있었고 손님은 무표정한 얼굴로 듣고 있었다. 허순은 계속했다.

"몸을 잘 보전하려면 돈이 있어야 하는데 저희 집 형편은 아주 딱하답니다. 제가 방과 후 무용 지도를 해서 버는 돈은 고작해야 한 달에 삼십만 원도 안 된답니다. 물론 석태 씨가 택시 운전을 하지만 이 촌구석에서 택시 탈 사람이 있겠습니까? 고작해야 한 달에 이삼십만 원 벌어 온답니다. 그 돈으로 하루하루 살아간다는 건 정말 힘든 일이랍니다."

채령이는 곤혹스러운 표정을 짓고 있다가 어쩔 수 없다는 표정으로 통역했다. 손님은 무표정한 얼굴로 듣고 있었다. 허순은 계속했다.

"그래서 드리는 말씀인데 저에게도 얼마간 돈을 주실 수는 없겠습니까? 백만 원까지는 아니더라도 한 오십만 원이라도 말입니다."

채령이는 난감한 표정을 짓고 있었다. 그러다가 결국 통역했다. 손님은 아무 말 하지 않았다. 손님이 아무런 대답을 하지 않자 허순은 절망에 찬 표정이 되었다. 그러던 그녀는 쑥스러운 듯 빙그레 웃으며 말했다.

"미안합니다. 이런 말씀까지 드려서……."

채령이는 허순의 이 말을 통역했다. 손님은 짧게 대답했다.

"대츠 오케이."

세 사람 사이에 이런 대화가 오가는 동안에도 유나는 멍한 표정을 하고 있을 뿐이었다. 택시를 타고 오는 동안 느꼈을 열기는 이제 완전히 식었겠지만, 손님과 작별해야 할 시간이 다가오고 있다는 사실이 그녀를 어떤 공황 상태에 빠뜨리고 있는 것 같았다. 허순의 두 아이는 대합실 여기저기를 뛰어다니고 있었다.

이윽고 매표 시간이 된 듯 허순은 손님에게 표를 끊어 올 테니 돈을 달라고 했다. 손님은 오만 원권 지폐 한 장을 꺼내어 허순에게 주었다. 허순은 표를 사러 갔다.

허순이 표를 사러 간 사이 손님은 이제 버스에 타기 위해 자리에서 일어났다. 채령이와 유나도 자리에서 일어났다.

버스 승강장에서 손님은 주머니에서 조그마한 시계가 달린 열쇠고리 하나를 꺼내어 채령이에게 주며, 그동안 통역해 줘서 고맙다고 말했다. 채령이는 손님의 선물이 몹시 마음에 드는지 방긋 웃으며 받아 들었다.

열쇠고리에 달린 시계는 예쁘고 고급스러워 보였다. 그런데 거기에는 약간 녹이 슨 평범한 열쇠 하나가 달랑 달려 있었다. 채령이는 이 열쇠는 뭐냐고 물었다. 그도 그럴 것이 고급스러운 시계에 비하면 열쇠는 너무 초라해 보였으니까 말이다. 손님은 씽긋 웃으며, 그 열쇠로 열 수 있는 문은 이 지구상에서 딱 하나밖에 없는데, 그 문을 찾아서 열면 행운이 올 거라고 말했다. 손님의 이 말이 마음에 드는지 채령이는 방긋 웃었다. 그리고 팔을 벌려 손님과 포옹을 했다. 그러고는 손님에게 이메일 주소를 좀 가르쳐 줄 수 없겠느냐고 물었다. 손님은 주머니에서 하얀 명함 한 장을 꺼내어 채령이의 교복 윗도리 왼쪽 가슴, 명찰 밑에 붙은 조그마한 주머니에 찔러 넣어 주었다. 만족한 표정을 한 채령이는 버스표를 사러 간 허순이 왜 아직도 돌아오지 않는지 궁금한 듯 대합실 안으로 달려 들어갔다.

이제 손님은 유나와 작별의 포옹을 했다. 유나는 손님의 목을 두 팔로 꼭 끌어안은 채 그의 귓전에다 대고 속삭였다.

"미안해요."

"뭐가?"

"모르겠어요. 그냥 자꾸 미안해요."

이렇게 말한 유나는 잠시 후 더듬거리는 소리로 덧붙였다.

"아저씨한테 좀 더 잘해 드리지 못한 거요."

손님은 그런 그녀의 등을 토닥여 주며 말했다.

"괜찮아. 충분히 잘해 줬어. 고마워."

그 후로도 유나는 꽤 오랫동안 손님의 목을 틀어 안은 채 놓아주지 않았다. 그러던 그녀는 문득 고개를 들어 손님을 올려다보며 말했다.

"키스해도 돼요?"

손님은 씽긋 웃으며 유나의 이마에다 정성스레 입을 맞추었다. 그러고는 버스에 올랐다.

버스에 오르던 손님은 저만치 엉거주춤 혼자 서 있는 허도를 발견하고는 다시 차에서 내려 허도에게로 갔다. 허도는 자신에게로 다가오는 손님 앞에 깊이 허리를 굽혔다. 손님은 뼈밖에 남지 않은 앙상한 허도와 포옹했다.

"잘 있어."

허도의 귓전에 이 말을 남긴 손님은 버스에 올랐다. 손님은 앞자리 창가 쪽에 자리를 잡고 앉았다. 그때서야 허순은 버스표와 거스름돈을 들고 헐레벌떡 달려왔다. 그녀의 뒤를 따라 커다란 로봇을 든 정수와 기관단총을 든 정대가 뛰어오고 있었고, 그들의 뒤를 따라 채령이가 달려오고 있었다.

허순은 버스 위로 올라가 손님의 손에 버스표를 쥐여 주었다. 그러나 거스름돈을 건네주는 것을 잠시 망설였다. 손님은 그런 그녀를 말없이 바라보고만 있었다. 허순은 어쩔 수 없다고 판단한 듯 거스름돈도 손님의 손에 쥐여 주었다. 손님은 말없이 그것을 받아 들었다. 그런데 다음 순간 허순은 애원하는 눈빛과 목소리로 말했다.

"그 돈은 저에게 주시면 안 되나요? 그 돈도 저에게는 몹시 필요하답니다."

손님은 들고 있던 거스름돈을 허순의 손에 돌려주었다. 허순은 갑자기 환한 얼굴이 되어 말했다.

"고맙습니다. 정말 고맙습니다. 그럼 안녕히 가세요. 그리고 또 오세요."

그런 그녀에게 손님은 말했다.

"당신은 내 어머니를 닮았어요."

허순은 그러나 삼만 원이 넘는 거스름돈을 자신이 갖게 되었다는 사실이 너무나 기뻐 손님이 방금 한 말을 듣지 못했다.

채령이와 유나, 허순과 허순의 두 아이 그리고 허도가 지켜보는 가운데 버스는 출발했다. 차부를 빠져나가기 위해 버스가 후진을 할 때 얼핏 보니 중절모를 쓴 손님은 눈물을 흘리고 있었다. 그래서 그랬겠지만 그는 창밖을 내다보지도, 손을 흔들어 주지도 않았다.

버스가 떠난 뒤 허순과 허순의 두 아이는 집으로 돌아가고, 채령이와 유나는 들판 저편에 보이는 학교를 향하여 걸어갔다.

논벌 사이로 난 길을 따라 나란히 걸어가고 있는 두 여고생은 처음 한동안 아무 말 하지 않았다. 길가에는 때 이른 코스모스가 지천으로 피어 있었다.

"혹시 너 어젯밤에 진짜 무슨 일 있었던 건 아니지?"

말없이 걷고 있던 채령이가 유나를 돌아보며 조심스레 물었다.

"어젯밤이라니?"

유나가 되물었다.

"석촌호에서 슈 아저씨랑 수영할 때…… 바위섬 뒤에서."

"왜 또 그 소리야? 아무 일 없었다고 했잖아."

유나는 약간 짜증 섞인 목소리로 말했다. 채령이는 그런 유나를 한 차례 헬끔 돌아본 뒤 말했다.

"미안해. 그런데 좀 이상해서 그래."

"뭐가?"

"어제는 지영이랑 걔네들이 있어서 그런 말 못했는데, 수영 갔다 나와서 너 좀 이상했어. 심한 충격을 받은 사람 같았어."

"추워서 그랬던 거라고 했잖아."

"그리고 오늘은 슈 아저씨한테 다정한 연인처럼 굴더라."

"그건 슈 아저씨가 불쌍해서 그랬던 것뿐이야."

채령이는 이제 더 이상 말을 하지 않았다. 두 사람의 머리 위로는 고추잠자리들이 어지럽게 날고 있었다.

"새드 메모리즈 오브 마이 차일드후드."

채령이는 아까 손님이 했던 말이 귓가에 맴도는지 혼잣말처럼 이렇게 중얼거렸다. 그리고 잠시 후 덧붙였다.

"슈 아저씨도 참 불쌍해."

"그렇지?"

유나가 말했다. 그리고 잠시 후 그녀는 계속했다.

"솔직히 말하면 나는 벌써 후회하고 있어. 니가 상상하고 있는 그런 일이 일어나지 않았다는 것을. 어쩌면 지영이가 했던 말처럼 슈 아저씨나 나한테 문제가 있었을지도 몰라. 슈 아저씨는 달만 쳐다보고 있었고 나는 오들오들 떨고만 있었으니까, 바보처럼."

"그럼 진짜 아무 일 없었다는 거야?"

채령이의 이 물음에는 대답하지 않고 유나는 계속했다.

"시간을 되돌려 다시 어젯밤 거기로 돌아갈 수만 있다면 나는 슈 아저씨한테 키스했을 거야. 그리고 무슨 일이든 일으키고 말았을 거야. 그러나 시간을 되돌릴 수는 없잖아."

"네 아빠보다 한 살 많은데도?"

"그런 게 무슨 상관이야? 진실은 오직 하나, 나의 몸은 슈 아저씨를 원하고 있다는 것뿐이야. 그런데 아저씨가 떠난 지금에서야 그걸 깨달았으니……."

두 사람은 다시 말없이 들판 사이로 난 길을 따라 걸어가고 있었다. 꽤 오랜 침묵이 흐른 뒤 유나가 문득 말했다.

"그런데 사실은 무슨 일이 있긴 있었어."

채령이는 놀란 눈으로 유나를 돌아보았다. 유나는 계속했다.

"그리고 그 일 때문에 아무 일도 일어나지 않았는지도 몰라."

채령이는 이해할 수 없다는 표정으로 유나를 바라보았

다. 유나는 계속했다.

"바위섬 위로 올라가 슈 아저씨 옆에 나란히 앉았을 땐 정말이지 가슴이 콩닥거려서 숨도 제대로 쉴 수가 없었어. 물에 젖은 팬티 위로 솟아오른 아저씨의 그 장난 아닌 물건이 자꾸 내 눈에 들어왔으니까 말이야."

듣고 있던 채령이는 킥킥킥 웃었다. 그리고 물었다.

"슈 아저씨랑 얼마나 가까운 위치에 앉아 있었는데?"

"불과 십 센티 정도? 어깨가 서로 맞닿을 수도 있는 거리였으니까."

"어머!"

유나는 계속했다.

"달을 쳐다보고 있는 슈 아저씨는 너무 멋있었어. 진짜 원빈 같았어. 나는 할딱거리는 숨을 누르느라 가슴을 감싸 안은 채 오들오들 떨고 있었어. 그런데 그때 슈 아저씨가 문득 이렇게 말했어. '오늘 저녁 양고기 맛있었어.' 하고 말이야. 그 순간 정신이 번쩍 드는 것 같았어. 정말이지 차가운 얼음물을 확 뒤집어쓰는 것 같았어. 그래서 나는 겁먹은 표정으로 이 미터쯤 떨어진 곳으로 자리를 옮겨 앉았어. 그렇게 방정맞게 자리를 옮겨 앉지만 않았더라도 틀림없이 슈 아저씨는 떨고 있는 내가 안쓰러워 팔을 뻗어 날 감싸 주었을 텐데 말이야. 그렇게만 되었어도

나는 슈 아저씨랑 키스하게 되었을 거야. 그리고 진짜 무슨 일이든 일어나고 말았을 거야."

"그 말이 어쨌다고?"

채령이는 이해할 수 없다는 표정으로 물었다. 채령이의 이 말에는 대답도 하지 않고 회한에 찬 표정과 목소리로 유나는 계속했다.

"그렇게 방정맞게 자리를 옮겨 앉았던 것 때문에 슈 아저씨한테 미안해."

"그렇지만 양고기 맛있었다는 말이 어쨌다고?"

채령이는 다시 한 번 물었다. 유나는 망설이는 표정을 짓고 있었다. 그러더니 잠시 후 다소 시니컬한 미소를 띠며 말했다.

"그런데 그게 한국말이었다는 거야. 그것도 꽤 정확한 한국말."

채령이는 믿을 수 없다는 표정으로 유나를 돌아보고 있었다. 잠시 후 유나가 말했다.

"슈 아저씨는 우리가 하는 한국말을 모두 다 알아듣고 있었던 거야. 내가 개고기를 양고기라고 거짓말했다는 것도."

"설마?"

채령이는 놀란 표정이었다. 그리고 잠시 후 말했다.

"그렇지만 양고기 맛있었다고 한 말만 가지고 우리가 한 한국말을 슈 아저씨가 다 알아듣고 있었다고 단정할 수는 없잖아?"

유나는 고개를 끄덕이며 말했다.

"그렇지만 슈 아저씨는 양고기 맛있었다는 말만 했던 게 아니야. 나한테는 '너 참 예쁘구나.' 하고도 말했어. 그리고 우리는 삼십 분 이상 바위섬 뒤편에 앉아 한국말로 대화를 나누었으니까. 이 미터쯤 떨어져 앉아서 말이야."

"설마?"

채령이는 어안이 벙벙한 표정으로 말했다. 채령이의 이 말은 무시한 채 유나는 계속했다.

"그렇게 한국말을 잘한다면 왜 슈 아저씨가 한국말을 전혀 못하는 척하고 영어로만 말했는가 하는 의문을 갖겠지? 나도 처음에는 그걸 이해할 수가 없었어. 그런데 이제는 이해가 가."

"그게 뭐야?"

채령이가 물었다. 유나는 그러나 채령이의 이 물음은 무시한 채 혼잣말처럼 말했다.

"그런데 내가 나를 이해할 수 없는 건, 아저씨가 한국말을 모른다고 생각했을 때는 그렇게 콩닥거렸던 가슴이 슈 아저씨가 한국말을 하자 왜 갑자기 잠잠하게 가라앉았나 하는 거야. 그렇게 내 가슴을 콩닥거리게 했던 아저씨의 물건이 아저씨가 한국말을 하는 순간부터 왜 갑자기 거북스럽게만 느껴졌나 하는 거야."

유나가 하는 말을 이해하지 못한 채 채령이가 물었다.

"그럼 그 아저씨 외국 사람이 아니고 한국 사람이었던 거야?"

이렇게 말하며 채령이는 자신의 교복 왼쪽 가슴에 붙어 있는 주머니에서 아까 손님이 찔러 넣어 준 명함을 꺼내어 확인해 보았다.

"그건 아니야. 슈 아저씨는 거짓말을 할 분은 아니야. 다섯 살 때 입양 가 줄곧 외국에서만 살았으니 외국 사람이나 마찬가지지."

"그런데 왜 그래?"

"그걸 나도 잘 모르겠어."

두 사람은 잠시 아무 말 하지 않았다. 꽤 오랜 침묵 끝에 문득 생각났다는 듯이 채령이가 말했다.

"어쩌면 우리는 슈 아저씨를 눈뜬장님이라고 생각했는지 몰라. 장님이라고 생각했을 때는 마음대로 행동하다가 막상 장님이 아니라는 걸 알면 갑자기 몸을 추스르게 되는 것과 같은 거 아니야?"

"아무래도 그게 정답인 거 같다."

이렇게 말한 유나는 잠시 후 회한에 찬 목소리로 중얼거렸다.

　"어쨌든 후회스러워. 슈 아저씨가 막상 떠나고 나니."

　이렇게 말하는 유나의 두 눈에는 눈물이 어리고 있었다.

　"그렇게 후회스러우면 지금이라도 따라가면 될 거 아니야?"

　채령이가 말했다.

　"따라가면 뭐해? 어차피 아저씨는 나 같은 촌년한테는 관심도 없었어."

　이렇게 말하는 유나를 위로하기 위해서 그렇게 하듯 채령이가 말했다.

　"니가 어때서? 너만큼 예쁜 애는 서울에 가도 흔치 않아. 아저씨 자신도 그렇게 말했다며? 너 예쁘다고. 게다가 아저씨는 마흔일곱이고 너는 이제 열일곱이야."

　이렇게 말하고 난 채령이는 잠시 후 약간 화가 난다는 투로 말했다.

　"그렇다면 그 아저씨는 대체 왜 하원 같은 촌구석까지 찾아왔던 거야? 돈 자랑하러 왔던 거야?"

　채령이의 이 말을 듣고서야 유나는 갑자기 정신이 번쩍 드는 표정이었다. 그리고 부지런히 발걸음을 옮기기 시작했다.

"왜 그래? 왜 갑자기 그래?"

저만치 앞서 가고 있는 유나의 뒤를 쫓으면서 채령이가 물었다. 그러나 유나는 뒤도 돌아보지 않고 부지런히 걸어가고 있었다.

"도대체 왜 그래? 너 진짜 무슨 일 있었던 건 아니지?"

채령이는 유나의 뒤를 쫓아가며 다시 한 번 말했다. 그때서야 유나는 문득 걸음을 멈추고 뒤돌아섰다.

"너 지금부터 내가 하는 이야기 아무한테도 말하지 않겠다고 약속할 수 있겠어?"

"무슨 이야긴데 그래?"

"슈 아저씨가 이 이야기 아무한테도 말하지 말라고 했단 말야."

"무슨 이야긴데 그래?"

"암튼 아무한테도 얘기하지 않겠다고 약속할 수 있겠어?"

"알았어."

채령이는 어쩔 수 없다는 듯이 말했다. 그런 그녀에게 유나는 다시 한 번 다짐했다.

"약속할 수 있겠지, 아무한테도 말하지 않겠다고?"

"좋아, 약속할게."

"그럼 손가락 걸어."

유나는 새끼손가락을 편 오른손을 채령이 앞에 내밀었다. 채령이는 그런 그녀의 새끼손가락에 자신의 새끼손가락을 걸었다. 새끼손가락을 건 채 두 사람은 엄지손가락을 세워 도장도 찍고, 상대의 손바닥을 비벼 복사도 했다. 이런 모든 절차가 끝난 뒤에서야 유나가 말했다.

"사실은 나도 그게 궁금했어. 슈 아저씨는 왜 그렇게 많은 돈을 쓰면서 하원에 왔는가 하는 게 말이야. 석태 아저씨나 허순 선생님한테 그렇게 눈뜨고 당하면서 말야."

채령이는 고개를 끄덕이며 유나가 할 다음 말을 기다리고 있었다. 유나는 계속했다.

"처음에는 서울에서 만난 우리 무용단이나 우리 무용단원 중에 누구를 좋아해서 하원에 온 거라고 생각했어."

"그게 아니었어?"

"그런데 그게 아니었어."

"그럼 뭐야?"

유나는 잠시 뜸을 들인 끝에 말했다.

"아저씨는 허순 선생님을 보러 왔던 거였어."

"설마?"

이렇게 말한 채령이는 도저히 믿을 수 없다는 듯이 물었다.

"그럼 아저씨는 허순 선생님을 사랑했던 거야?"

채령이의 이 말은 무시한 채 유나는 계속했다.

"그리고 허순 선생님의 동생 허도 아저씨와 어제저녁에 개고깃집에서 만났던 허표 아저씨를 만나 보고 싶어서 왔던 거야."

채령이는 도무지 이해할 수 없다는 표정을 짓고 있다가 말했다.

"왜?"

하일지

프랑스 푸아티에 대학교에서 불문학 석사학위를, 리모주 대학교에서 불문학 박사학위를 받았다. 1990년 『경마장 가는 길』을 발표하며 소설가로 등단했다. 현재 동덕여자대학교 문예창작학과 교수로 재직 중이다.

지은 책으로는 소설 『경마장 가는 길』, 『경마장은 네거리에서』, 『경마장을 위하여』, 『경마장의 오리나무』, 『경마장에서 생긴 일』, 『위험한 알리바이』, 『그는 나에게 지타를 아느냐고 물었다』, 『새』, 『진술』, 『우주피스 공화국』, 영화소설 『마노 카비나의 추억』, 시집 『시계들의 푸른 명상 Blue Meditation of the Clocks』, 『내 서랍 속 제비들 Les Hirondelles dans mon tiroir』, 이론서 『소설의 거리에 관한 하나의 이론』, 철학서 『하일지의 '나'를 찾아서』 등이 있다.

손
님   하 일 지
      장 편 소 설

1판 1쇄 찍음 2012년 9월 5일
1판 1쇄 펴냄 2012년 9월 10일

지은이 하일지
발행인 박근섭·박상준
편집인 장은수
펴낸곳 ㈜민음사

출판등록 1966. 5. 19. 제16-490호
주소   서울시 강남구 신사동 506번지 강남출판문화센터 5층 (135-887)
대표전화 515-2000 | 팩시밀리 515-2007
홈페이지 www.minumsa.com

ISBN 978-89-374-8578-7 (03810)